KB132168

숲속의

사계절

숲
속
의

사
계
절

자발적
은둔자의
명랑한
도예 생활

지숙경
에세이

문학동네

여름

가을

겨
울

● 숲속의 겨울 준비

어느새 11월이 되어 있다. 이쯤 되면 불과의 사투로 치열하게 달아올랐던 열정도 식어버린 도자기만큼 차갑게 가라앉고 차분히 겨울 준비를 시작한다.

아마도 이때가 1년 중 가장 느긋해지는 시기라 해야 하나. 이른 봄부터 10월 말까지 그야말로 도자기 작업과 정원 일로 안팎을 뛰어다녀야 했다. 가을 가마 소성(도자기를 가마에 넣고 불을 때는 일)도 끝이 나고 내년 초봄까진 그래도 여유가 좀 생기니 마음이 편해지는 것이리라. 더욱이 이맘때쯤이면 새벽녘에 내린 된서리로 정원의 풀들도 다 죽어버려 더이상 풀은 뽑지 않아도 되기에 정원 일도 거의 끝이 난다. 도자기 작업이야 겨울에도 계속되지만 이로써 정원

일에서는 많이 자유로워져, 더 추워지기 전에 이런저런 월동을 준비할 수 있다.

올해로 스무번째 맞이하는 작업실 겨울 준비는 20년 전이나 지금이나 크게 다를 것이 없다. 핵심은 김장과 난로에 땔 장작 준비다. 이렇게 시작되는 월동 준비는 통속적인 여름의 강렬함에 비해 사뭇 사람 냄새 나고 풍요롭다고 할까!

김장을 핑계로 모인 지인들과 함께, 그날 버무린 겉절이에 돼지고기 보쌈을 앞에 놓고 벌인 늦은 점심상이 그러하고, 그야말로 한 땀 한 땀(?) 도끼로 패서 차곡차곡 쌓아올린 참나무 장작 더미가 그렇다.

꼬박 두 달 남짓 텃밭에서 직접 기른 배추로 담근 김치로 채운 김칫독과, 작업실 뒷벽에 쌓아놓은 나무 장작은 그저 바라만 봐도 웃음이 난다. 보기만 해도 배부르고 등이 따습다. 이보다 더 절박하고 진솔한 인간적 행위도 드물 것이다. 적어도 이 산골에 사는 나의 겨우살이에선 그렇다.

요즘 들어 나이듦인지 게으름 탓인지 땅에 묻은 김칫독에서 꺼낸 코끝 찡해지는 김치의 유혹도 간편한 김치냉장고에 살짝 밀린 감이 없진 않다. 눈 내리는 해질녘에 뒷마당으로 나가 얼음이 살짝 낀 김치를 꺼낼라치면 손끝이 아리게 시리고 그늘의 찬 기운 탓에 몸을 떨며 뛰어들어와 '내년엔 독을 묻지 말아야지' 한다. 하나 독에 든

배추김치와 그 속에 박아둔 주먹만한 무는, 대형 마트나 코앞에 있는 24시간 편의점에서는 생각할 수 없는 산골 겨우살이의 큰 무기다. 그 맛과 정취를 어찌 쉽사리 떨쳐내랴.

난로에 땔 장작은 가마 소성에 쓰는 소나무보단 참나무를 주로 쓴다. 소나무는 송진 때문에 연통이 막힐 수도 있고, 예전엔 소나무 값이 세 배 정도 비싸서 쓰기 힘들기도 했다(요즘 가격 차이는 없어진 것 같다). 산판에서 자른 참나무를 사서 전기톱으로 토막을 내고 그걸 다시 도끼로 잘라야 난로에 넣을 수 있다. 그래서 장작 준비는 시간도 시간이지만 노동력이 어마어마하게 필요한 작업이다.

솔직히 지금까진 이런 진솔한 노동이 주는 명쾌함을 힘든 줄 모르고 즐겼다고 자부한다. 때때로 뒷산을 뒤져서 쓰러진 나무들을 끌고 내려오는 수고쯤은 재미있기까지 했다. 이렇게 공수해온 나무들은 수분이 많아서 도끼질하기가 힘들다. 충분히 말려서 빠개거나 추운 겨울 온 세상이 얼어붙고 나무들도 꽁꽁 얼었을 때 빠갠다. 장작이 도끼에 제대로 맞아 짝 하고 쪼개질 때 나는 통쾌한 소리란! 이렇게 쌓아올린 장작들은 난로에 때기가 아까울 지경이다. 손님들 오고 일이 있을 때나 난롯불을 때지, 혼자 있을 땐 엄두도 낼 수 없는 호사 중의 호사다. 그만큼 땔감을 장만하는 일은 힘겹지만 겨울 준비의 핵심이다.

붉게 타오르는 불 앞에서 김이 모락모락 올라오는 따뜻한 커피

한 잔 들고 창밖 설경을 바라보는 여유도 가끔은 느낄 수 있으나, 이런 그림은 주인네의 몫이라기보다 드나드는 이들을 위해 마련된 때가 많다고 느끼는 건 왜일까?

가끔은 나 자신에게 지나치게 청교도적 삶을 요구하는 건 아닐까 자문해보기도 한다. 시골에서의 삶이란 너무 편안함을 좇기보다 건실한 노동으로 헤쳐가는 불편함을 즐겨야 한다고 생각해왔기에.

하지만 고백건대 요즘 마을 어귀에 생긴, 다 패놓은 장작 파는 곳을 자꾸 쳐다보는 내 시선을 어쩔 수가 없다. 모르긴 해도 근간에 들러 가격이며 양이 얼마나 되는지 묻고 그 편리함에 지갑을 열게 될지도……

이제 해가 지기 전에 이웃집 지연이 할머니가 주신 무청을 다듬고 삶아 작업실 뒤 나뭇간 대들보에 널어야 한다. 한 포기씩 줄과 함께 땋아놓은 무청은 마치 예전 여고생의 땋아내린 머리 같아서 보는 것만으로도 미소 짓게 만드는 따뜻함이 있다. 지연이 할머니가 해마다 잊지 않고 챙겨주시는 무청은 겨울 음식의 끝판왕 아닐까? 투박한 뚝배기에 멸치 육수를 내 무청 길이대로 넣고 된장 풀어 뽀글뽀글 끓여 내면!

한겨울 매서운 추위가 오기 전에 이런저런 일을 하나하나 해내가다보면 그 속에서 따뜻하고 편안한 위로와 안식을 충만하게 느낀다.

산 아래 월동 준비는 어쩜 이제부터가 시작일지도.

● 눈길 산행

작업실을 막 완성하고 한창 이런저런 꿈에 부풀어서 여기저기 뛰어
다니며 일에 빠져 있던 어느 날 해질녘이었을 것이다. 이미 과년한
여식의 일에 크게 관여하지 않고 항상 묵묵히 지켜보시던 부모님
으로부터 전화 한 통을 받은 때가. 내 안부가 궁금하셨을 터, 작업
실 생활이 어떤지 이야기하다 바쁘다며 끊으려는 나에게 급히 물으
셨다.

"좋으냐? 행복하니?" 엄마의 나직한 음성이었다.

"내가 복이 참 많은가봐요, 이런 곳에서 살고 있으니 말이유" 하
고 너스레를 떨며 말했다.

"그래, 그럼 됐다. 니가 행복하면 됐다" 하시며 전화기를 내려놓

으셨다.

모르긴 해도 산속 외딴곳에서 작업한답시고 돌아다니는 철없는 막내딸이 걱정되셨으리라. 지금은 작업실 아래로 주택 몇 채가 들어와 있지만 작업실 지을 때만 해도 근처에 집이라곤 보이지 않고 비포장길을 한 1킬로미터는 내려가야 마을이 나오는 제법 외진 곳이었다. 그래서 주변으로부터 걱정을 많이 받은 것도 사실이다.

이런 염려와는 달리, 나는 항시 꿈꿔왔던 산속에서의 소박한 삶을 계획하고 실행하느라 여념이 없었다. 그간의 생각들을 마냥 실행에 옮기느라 바빴다. 산에서 생활하면 꼭 하고자 했던 첫번째가 자급자족이다. 그것이 완전한 경제적 독립을 위한 절대 조건이라고 생각했다. 도자기 작업이 주요 생산수단이자 유일한 경제활동이므로 수입은 한정될 것이고, 그러면 외부로의 경제적 의존을 극소화해서 지출을 줄여야 단순한 생활을 유지할 수 있다고 믿었다. 그래서 산에 나무도 하러 가고 텃밭도 가꾸며 자급자족할 수 있는 것은 하려고 애를 썼다. 하지만 한두 해가 채 지나지 않아 이런저런 이유로 한계를 인정해야만 했다. 그래서 지금은 '간헐적 자급자족'이 가능한 상태에 만족한다.

두번째로 꼭 하고 싶던 일은 바로 산행이다. 산행이야말로 산속 생활을 온전히 완성해주는 덕목이다. 본시 나는 산을 즐기는 사람은 아니었다. 종주를 해본 산이라곤 한라산이 유일했다. 자연 속에

서의 삶을 꿈꾸며 산행이 주는 즐거움을 누리지 못한다면 도심 빌 딩 속에 사는 것과 다름이 없을 듯…… 작업실이 백두대간 중 속리산에서 가지 쳐 나온 정맥인 한남금북정맥에 속하는 칠장산(해발고도 492미터) 아래에 있다. 작업실에서 한남정맥 능선이 있는 주 등산로까진 누구의 방해도 없이 나만의 산행길을 즐길 수 있다. 이 길은 사람은 거의 다니지 않고 야생 동물들이 만들어놓은 좁고 험한 길이지만 그 어떤 잘 다듬어진 등산로보다 아름답고 울창한 나만의 숲길이 된다. 능선을 따라 소나무숲이 한여름에도 모자가 필요 없을 정도로 우거져 있고, 산길 양쪽으로 내 키를 넘는 큰 산철쭉이 길게 이어져 바람에 싸—아 하며 흔들리는 산죽 군락 사이를 걸을 수 있다.

특히, 고단한 도자기 작업으로 허리는 뻐근하고 한 생각에 빠져 뜻대로 도자기 작업이 이루어지지 않을 때 물레 앞 자리를 떨치고 일어나 작업실 뒤, 산길로 발길을 옮긴다. 힘들게 비탈진 언덕을 오르며 생각은 하나둘 비워지고 어느새 초록 나뭇잎과 그 사이로 살짝 살짝 파란 하늘만 가득해지며 때로는 그 속에서 작업의 이미지도 얻는다. 산은 그렇게 내려가 다시 새롭게 물레 앞에 설 힘을 준다.

그중에서도 요즘 같은 겨울철 산행은 정말 멋지다. 그리 춥지 않은 날 눈이 소복이 쌓인 산행이 주는 푸근한 맛을 어떻게 표현해야 할지! 앞서가는 강아지들은 어쩜 나보다 더 신이 났나보다. 자

기 키보다 높은 눈길을 폴짝폴짝 뛰면서 마치 한 번도 뛰어보지 않은 것처럼 눈을 헤치며 달린다. 푸르른 잎을 잃은 나뭇가지엔 새하얀 눈꽃이 소복소복 피어 있고 내 걸음에 흔들릴 때마다 그 가지에서 하얀 눈꽃송이가 떨어지는데 마치 슬로비디오처럼 천천히 내려온다. 눈이 주는 포근함과 편안함 때문일까, 아늑한 눈 덮인 산행이 왠지 마냥 좋다.

눈을 헤치고 내려오는 길은 한결 신난다. 제대로 된 산비탈을 만나면 주저 없이 엉덩이로 미끄럼을 탄다. 스노슬로프가 따로 없다. 생각보다 바지도 젖지 않고 눈을 툭툭 털면 된다. 마침내 따뜻한 집으로. 눈을 네 발마다 붙이고 들어와 벌벌 떠는 강아지 녀석들도, 내 불쌍한 등산화도 활활 타오르는 난롯가에 붙어 말리고 나도 살짝 언 발을 녹여본다. 요란한 눈길 산행의 마지막, 타오르는 난로 옆, 따뜻한 차 한잔. 이 기분좋은 나른함이 마냥 즐겁다.

산을 내려오는 길에 몽우리가 잔뜩 붙어 있는 진달래 가지를 꺾어다 화병에 꽂아두면 따뜻한 실내 온기로 한 2주일 뒤면 꽃이 핀다.

소박하고 단순한 산골 생활에서 이런 산행이야말로 그 무엇과도 바꾸기 어려운 소중한 위안이자 위로다.

● 칡덩굴
크리스마스 리스

내 작업실, 지요를 다녀간 호기심 어린 지인들에게 빈번히 듣는 질문 중 하나. "지요는 언제가 제일 좋아요?" 그래서 곰곰이 생각해봤다. 언제가 제일 좋은지를. 사실, 이른봄부터 장마 전까지 쉴 틈 없이 여러 가지 꽃과 꽃나무가 앞다투어 지요의 정원을 채우면 그 멋진 풍경에 시간 가는 것이 아깝게 느껴질 정도다. 화려한 꽃사태(?)로 정신이 아득해질 정도로 봄은 눈부시게 찬란하다. 그렇게 나는 고된 노동의 보답을 받고, 정원에 들어서는 이들의 즐거운 탄성을 은근히 뒤에서 즐기곤 한다. 살짝 턱에 힘이 들어가고 이런저런 설명을 하는 내 목소리에도 자부심이 실린다. 푸르른 산을 배경으로 줄지어 피어난 꽃들의 향연은 나의 자긍심이기도 하니…… 이 시기

가 시각적으론 가장 아름답다고 할 수 있을 것이다.

그런데 이렇게 화려한 색채의 파노라마가 가져다주는 빠른 맥박의 흥분감도 좋지만 그에 못지않게 눈 내리는 겨울날, 무채색의 따뜻한 고요함도 무척 아름답고 좋다. 작업실 바로 앞 이파리 다 떨군 감나무, 까치밥으로 남겨진 다홍빛 감 위에 소복이 내려앉은 눈. 밤새 내린 눈으로 인적은 물론 새들조차 멈춰버린 산속 적막함이 주는 평화로움! 폭설이 잦은 겨울 그 누구도 드나들 수 없는 요새처럼 편안한 안정감 속에 그저 눈의 포근함에 싸여 지내며 어느 때보다나 자신에 충실할 수 있는 이 시간이 정말 좋다.

더욱이 그 누구도 거부할 수 없는 크리스마스라는 매력적인 시간이 있지 않은가! 내 생일과 예수님 생일! 이 나이에도 1년에 딱 두 번 괜히 설레는 날이다.

12월 첫째주, 크리스마스 준비를 시작한다. 일단 뒷산에서 부러진 소나무 가지와 솔방울을 주워온다. 흐르는 물에 깨끗이 씻어 말려 식탁 한가운데 길게 가지와 솔방울을 놓고 깜빡이는 꼬마전구를 두르면 크리스마스 식탁 준비 완료!

별다른 파티를 열지 않아도 테이블 가득 크리스마스가 와 있어서 기분이 좋아진다.

그러고 나서 또다른 준비로 크리스마스 리스를 만든다. 이것 역시 별다른 게 없고 지천에 있는 칡덩굴을 잘라다가 둥글게 잘 말아

서 동그란 틀을 만들어 주면 다. 칡덩굴은 항시 눈엣가시 같은 존재로 해마다 잘라내고 파내도 살아나는 질긴 생명력을 가졌다. 그런 천덕꾸러기 같은 존재가 크리스마스 때엔 제대로 쓰임을 받는다는 사실. 거기에 먼저 푸른 잎들, 소나무나 측백나무 잎을 바탕이 보이지 않도록 꽂아주고 그 위에 빨간 찔레 열매를 잘라 군데군데 꽂아준다. 그리고 가운데에 큰 리본을 하나 이쁘게 달아주면 대문에 걸어둘 크리스마스 리스가 만들어진다.

이런 소소한 손놀림은 이맘때 찬 몸에 온기를 불어넣어주고, 소박한 겨울 소품은 굳이 사람들을 불러 근사한 파티 같은 것 안 해도 충분히 따뜻하고 충만한 그림을 만들어준다. 이 또한 산에 사는 이들만 누릴 수 있는 재미다. 여기에 눈이라도 내려앉으면 진정한 화이트 메리 크리스마스가 아닐까.

A Happy Merry Christmas!

● 흙을 닮아가는 나,
자연을 닮고 싶은 나

아마도 온난화 현상 때문이겠지만 근래 들어서는 예전처럼 매서운 추위는 없는 듯하다. 지금도 작업실에서의 첫 겨울을 선명히 기억할 정도로 그때는 몹시 추웠다. 작업실을 설계하면서부터 항시 갖고 싶던, 영국 어느 시골집에서 볼 수 있을 법한 화구가 큰 벽난로도 박았고 그 당시 효율이 좋다고 너도나도 설치했던 심야 전기 보일러도 들여놓았지만 산 아래 찬 공기를 데우기에는 역부족이었다. 게다가 설계 당시 어설픈 내 눈만 믿고 기능적인 면을 완전히 무시한 채 모든 문과 창문을 나무로 짜 넣었는데, 그 결과물들은 단열이라는 산을 넘지 못했다. 흙 작업 때 쓰려고 떠놓은 물이 추운 밤을 지나고 아침에 내려와 보면 얼어 있을 정도였으니.

작업실 지을 때 나무로 문이나 창문을 만들면 많이 추울 거라던 건축가의 절실한 조언도 젊은 시절, 내 무모한 청교도적 이상과 자연주의에 대한 열정을 꺾지 못했다. 겨울은 추운 게 당연하고 옷을 겹쳐 입으면 된다고. 한겨울 반팔 차림의 아파트 생활을 비난하면서. 청렴함과 근면함으로 매서운 칼바람도, 코가 시린 찬기도 이길 수 있다고 호언장담하며 마음만은 유토피아에 살았던가보다. 매서운 첫 겨울을 보낸 후, 작업실 부지 매입과 건축으로 통장 잔고가 이미 바닥났음에도 작업실에 다시 손을 대지 않을 수 없었다.

시각적 이미지 앞에 기능적 효율성을 간과해버린 내 어리석은 과오는 그후로도 여러 번의 리노베이션을 통해 입증되었다.

20년 전 내 호기롭던 결정의 변은 이러하다.

대량생산 시대의 물질만능주의와 과소비로 지친 우리 모습에서 좀 멀어지고 싶었다. 한 블록이 멀다 하고 백화점과 대형 쇼핑몰이 들어오고 과소비가 미덕인 양 치부되며 코앞 거리도 차를 타고 이동하는 그런 모습에서.

굳이 몸을 움직이고 가능한 한 적게 소비하고 직접 생산하며 살아가는 삶 속으로! 그리하여 이 추운 겨울에 버튼 하나 간단히 눌러서 난방을 해결하기보단 산을 돌아다니며 간벌된 나무를 해와 장작을 패서 난롯불을 지피면 훨씬 살아 있음을 실감할 것 같았다. 한여름 에어컨이 빵빵하게 돌아가는 백화점 지하 슈퍼에서 사 온 유기농 야채보다, 손바닥만한 텃밭에서 땀흘리며 직접 가꾼 푸성귀가 더 귀하고 맛있는 것 아닐까.

이런 생각은 자연히 나를 도시 밖으로, 보다 더 친환경적인 삶으로 이끌었다. 도자기를 택한 것도, 특히 전통 가마 소성을 택한 것도 도자기를 만드는 주요 소재가 흙과 나무처럼 자연에서 비롯된 것이라는 점에서였다. 자연 속에서 흙과 나무를 만지며 일하다보면 어느새 작업은 물론 내 생활도 자연을 닮아간다. 자연의 흐름 속에 일상은 하루하루 이어지고 나의 도자기는 무엇을 덧대고 붙여 꾸미거나 과장함 없이 자연의 순행을 담는다. 자연의 투명함과 청량한 힘, 때론 거칢과 투박함을, 자연이 지닌 색감 안에서 소탈한 형태와 질감으로 표현하고 싶다. 그래서 작업할 때 흙의 물성이 그대로 내게, 아니면 내가 흙의 물성으로 녹아들어야 제대로 된 작업이 이루어진다. 나 자신이 흙과 다르지 않다.

흙에서 하나의 작품이 나오려면 스물여섯 가지 공정을 거쳐야 하며 완성에 이르기까지는 오랜 시간이 걸린다. 흙의 물성에 익숙해지기 전까지 흙은 심히 다루기가 까다롭고 어렵다. 그처럼 나 역시, 스스로 설득되는 명분이나 정당성이 없으면 쉬이 움직여지지 않고, 직선적이고 고집이 있다. 그런 점에서 흙과 나는 서로 맞닿아 있다.

더러, 재수없기 짝이 없는 나만의 방식이 주변인을 간혹 불편하게 만든다는 것을 안다. 그때그때 삶의 변화에 신축성 없이 뻣뻣하고 고집불통 같은 내 모습이 다소 불편할 때도 있다. 그래도 일단, 불을 만나 구워지면 쉽게 변하지 않는 단단함은 흙의 성질과 같아서가 아닐까!

올겨울은 그러나, 무언가 새로운 변화를 꾀해보면 어떨까 한다. 해마다 봄 가마 소성을 준비하며 겨울을 내내 작업실에서 보냈는데 이번에는 한 2~3주 정도 여행을 가보려 한다. 겨울이 사실 시간적으로나 심적으로 여유가 있다. 정원으로부터 자유로운 유일한 시기이기에…… 나에게 그런 변화를 받아들일 수 있는 용기와 결단이 있기를!

● 내려놓아야
덜 불행하다

산에서의 삶이란 지극히 단순명료하다. 물질문명 사회가 만들어낸 그 얽히고설킨 경쟁 속의 복잡미묘한 인간 관계도에서 벗어난 단순한 삶. 오롯이 자신의 북소리에 귀기울이며 나의 길을 내 뜻대로 걸어간다. 이때 삶의 한가운데 있는 것이 자연의 섭리이다. 자연의 흐름에 맞춰, 즉 절기에 맞추어 그때그때 필요한 일을 놓치지 않고 하면 된다. 얼었던 땅이 녹기 시작하면(아마 절기로 따지면 우수일 듯) 퇴비를 뿌리고 땅을 갈아엎어 씨를 뿌리거나 모종을 심기 적합한 상태로 만든다. 매화가 피고 지고 벚꽃 잎이 휘날릴 때쯤(벼의 못자리를 시작한다는 곡우 즈음) 배추를 비롯한 각종 푸른잎채소 씨앗을 뿌린다. 이때부터 작물들과 함께 우후죽순 올라오는 풀과의 전쟁이 시작된다. 그것들이 밭을 온통 뒤덮기 전에 자주자주 매주어야 한다. 여름의 시작을 알리는 입하가 있는 5월 초순, 고추, 오이, 가지, 고구마 등 각종 모종을 심는다. 이후 곧 닥칠 장마의 시작인 소서에는 밭이며 작업실 주변의 배수 상태를 점검하고 장마가 지나면 김장 배추 모종을 심고 무, 파 등등 씨를 뿌리고 적절한 비와 충분한 일조량을 갖추기를 기원하면 된다. 그렇게 서리가 내리는 상강이 지나고 입동이 되면 무와 배추를 뽑아 김장을 한다. 그러면 산에서 바쁜 일은 어느 정도 끝이 난다. 눈 내리는 창밖을 바라보며 활활 타오르는 난로 곁에서 막 구운 고구마를 호호거리며 먹으면 된다. 이 삶 속에 이해관계가 빚어내는 반목과 갈등은 없다. 단순한 삶 그 자체만 존재할 뿐!

그러나 이 단순한 시간의 순리는 이런저런 이유로 때를 지키기가 쉽지만은 않다. 자칫 마음만 앞서 서두르면 배추는 속이 차지 않고 고구마는 잎만 무성할 뿐 아무리 땅을 파도 흔적을 찾기 힘들지도…… 이 정직한 육체노동의 신성한 결과물을 제대로 즐기려면 무엇보다 절기의 명료한 질서에 순응해야 한다. 해가 뜨면 일어나고 지면 쉬고, 바깥일이 많은 봄·여름부터 초가을까지 부지런히 움직이고 겨울이 오면 잠시 쉬어 가는 것이다. 바쁘고 힘든 절기 끝에 여유롭고 편안한 절기가 오는 법인가!

그래서일까, 작업하는 사람에게는 겨울이 느낌표 같은 시기다.

창밖을 내다볼 시간과 마음의 여유를 얻어 온전한 쉼을 누리는 위안 같은 시기라 할까! 눈이라도 펑펑 내리고 쌓인 눈으로 온 산이 뒤덮인 아침이면, 얼음처럼 찬 작업실 공기를 뚫고 난로에 장작을 넣고 불을 피우며 나만의 겨울맞이 의식을 시작한다. 겨우내 갑갑하게 들어앉아 있는 제라늄과 아메리칸 블루 화분에서 떨어진 잎들을 치우며 작업실 구석구석 비질을 시작한다.

나무 장작이 타오르고 따뜻한 열기가 차오른 불가에 앉아 창밖을 볼라치면 그야말로 개미 한 마리 보이지 않는 온전한 무채색 설국이다. 색이라고는 감나무에 몇 개 달려 있는 까치밥, 그나마 윗부분은 눈에 덮여 아래만 빨갛게 보이는 감 몇 개뿐이다. 마치 이 세상에 나와, 반쪽이 겨우 보이는 감만 존재하는 것 같은…… 절대적 고요의 세계다.

작업실 초기에 이런 폭설이 내리는 날을 유독 좋아했던 기억이 있다. 아직 산에서의 생활이 익숙지 않고 매사 조심스럽던 때, 그 누구도 들어올 수도 또 나갈 수도 없는 온전한 고립 상태를 편안하게 생각했나보다. 낭만적인 이유는 하나도 없다. 오로지 원치 않는 외부의 출입이 통제될 때 찾아오는 편안함! 지금 생각하면 좀 우습긴 하다.

한번은 구정을 하루 앞두고 무릎까지 빠질 정도로 폭설이 내린 적이 있다. 기회는 이때다 싶어 큰 눈이 와서 마을로 내려갈 수도,

더욱이 서울 가는 건 힘들게 되었다며 새해를 같이 못 보내게 돼 섭섭하고 죄송하다고 부모님께 전화를 드렸다. 그러고는 내심 자주 찾아오지 않는 이 편안한 고립 상태를 온전히 즐길 생각에 가벼운 마음으로 작업실로 내려갔다.

살짝 얼어 있는 흙을 꼬막 밀며 작업 준비를 했다. 꼬막 밀기는 도예의 시작으로 흙덩어리를 반죽하는 것을 말한다. 흙 속 기포를 제거하고 흙의 고르지 못한 부분을 풀어주기 위함이다. 한참 꼬막을 밀다가 고개를 드니 여전히 내리는 눈에 살짝 걱정이 밀려왔다. 밤새 쌓인 눈으로 혹시 도자기 가마 지붕이 무너지면 어쩌지 하는 생각이 들었다. 장비를 갖추고 긴 장화를 신고 가마를 보러 밖으로 나갔다. 옛 도공들이 박던 전통 도자기 가마는 사실 전적으로 진흙을 개어 만들기에 열전도율도 좋지 않고 보수도 자주 해야 하는 등 여러 문제가 있다. 근래에 와서는 내 가마처럼 대부분 내부는 내화벽돌을 써서 열전도율을 많이 낮추었지만 외부 마감은 여전히 흙으로 두껍게 처리하기 때문에 비나 눈을 피하려면 지붕을 덮어주어야 한다. 그런데 그 지붕 기둥이 나무로 되어 있어서 혹시 눈의 무게를 견디지 못할까 걱정스러웠던 것이다.

지붕 위에 올라가기는 좀 부담스럽고 사다리에 올라가 지붕 끝부분의 눈이라도 털어내 무게를 줄여주는 게 좋을 것 같았다. 열심히 눈을 끌어내리고 또 바닥에 쌓인 눈은 한쪽에 쌓아올리기를 여러 번, 입고 온 외투를 벗어던질 정도로 가히 열정적으로 임했다. 작업하는 사람에게는 작품할 때 말고도 이런저런 몸 쓰는 일들이 도처에 널려 있다. 이런 육체노동이 가져다주는 상쾌함을 즐겨야 한다. 육체노동보다 더 신성하고 진솔한 행위가 또 있을까? 이렇게 땀을 흘리고 나면 할일을 완수했다는 데서 오는 뿌듯함은 물론, 찌릿한 시장기도 덤으로 얻는다. 이런 느낌이 단순한 삶을 풍부하게 만든다.

충분히는 아니지만 그래도 제법 많이 눈을 털어내고 뿌듯한 마음으로 작업실로 들어와 허기진 배를 따끈한 떡국으로 채우고, 노곤한 몸을 의자에 눕혀 한숨 돌리려던 차. 문득, 휴대폰이 없어졌다는 사실을 깨달았다. 분명히 눈 치울 때 외투에 있었는데…… 눈 치우면서 빠뜨린 것이다. 그러나 아무리 찾아봐도 보이질 않았다. 분명 내가 한쪽에 쌓아둔 눈더미 속에 있을 텐데……

영하의 날씨에 눈더미는 그새 벌써 얼어 있었고 설령 퍼낼 수 있을 정도로 녹아 있다 해도 그걸 다시 퍼내기에는 이미 내 체력이 바닥이었다. 아침에 부모님께 안부 전화도 드렸겠다 그냥 눈 녹을 때까지 기다리기로 마음먹고 들어와 뜨거운 커피로 언 몸을 좀 녹인 후 작업을 다시 시작했다.

이유는 알 수 없지만 여느 평범한 날보다 이런 긴장감이 있는 날, 작업은 훨씬 집중이 잘 돼 흙의 물성이 그대로 내 손끝에 살아나는 것 같다. 원하는 대로 기물을 만들어낼 수가 있다. 그렇게 얼마가 지났을까. 한참을 물레 앞에서 흙과 씨름하다 고개를 드니, 어느새 창밖은 어두워져 있었다. 그런데 저 아랫마을에서 헤드라이트인지 불빛이 올라오고 있는 게 아닌가! 아직도 길엔 눈이 많이 쌓여 있는데 이 산길을……

'웬 차가 올라오지?'

내 눈은 불빛을 쭉 따라갔고 마침 작업실 주차장 쪽으로 불빛이 들어오는 게 보였다.

'누구지?'

'무슨 일이지?'

바야흐로 내 머리는 복잡하기 그지없었다. 이 절대 고립의 고요한 평안을 무참히 깨뜨려버린 침입자는!

급기야 두 개의 손전등 불빛이 흔들리며 주차장에서 작업실 쪽으로 들어오고 있었다. 순간 무서웠지만 무슨 용기였는지 작업실 문을 열어젖히고 나가, 흔들리는 불빛을 향해 최대한 위엄과 힘을 실어 쏘아붙였다.

"누구십니까?"

마치 기선제압이라도 하듯이 호기롭게 외치고 나가 다가오는 불빛 뒤의 실루엣을 뚫어지게 응시하는데,

"지숙경씨 계십니까? 죽산파출소 기동순찰대입니다."

정복 차림의 경찰 두 명이 어둠을 가르며 걸어오고 있는 게 아닌가!

"무슨 일이신지요? 접니다만."

"아침에 눈 치우러 나간다고 통화한 뒤 연락이 되지 않는다고 신고가 들어왔습니다. 본인 확인을 위해 신고자 분과 통화가 필요합니다" 하더니, 어디론가 전화를 걸어 나에게 보란듯이 전화기를 건넸다.

"여보세요" 했더니 전화기 너머로 아버지의 걱정 어린 목소리가 들렸다. 아차 했다.

"아침 이후 통화가 안 돼서 혹시 무슨 사고가 난 것 아닌가 했다" 하셨고 옆에 계신 엄마의 울음 섞인 목소리도 들려왔다. 나는 휴대폰을 눈 속에 빠뜨렸다고 답했고, 아버지는 "별일 없다니 다행이다. 경찰 양반들이 눈길에 고생들 했네. 감사하다 전해다오" 하셨다.

아버지 말씀대로 번거롭게 해서 미안하다고 말씀드렸고 그들은 괜찮다며 총총히 눈길을 내려갔다.

안 그래도 과년한 여식에 대한 근심으로 노심초사하시는 부모님께 면목없는 일을 하나 더 만들고 말았으니 눈 오는 날, 나만의 호사 아닌 호사는 본의 아니게 민폐와 근심으로 끝이 났다. 단순한 삶 운운하며 자기도취인지 이상 실현인지 모를 일에 몰두하지만 아직은 굵은 동아줄 같은 인연의 끈이 내 앞에 있다는 걸 잊지 말아야

한다. 지금은 작업실 주변에 집이 한두 채 생기면서 길도 포장이 되고 제설 작업도 바로바로 돼 예전처럼 폭설이라는 선물을 핑계로 내세운 자의적 고립은 더이상 힘들어졌다.

이렇게 망중한의 절기가 가져다주는 호젓함은 점점 더 줄어들리라. 하지만 여전히 살을 에는 눈보라 치는 겨울날, 두꺼운 장갑 끼고 털모자 눌러쓴 채 다니는 길에 쌓인 눈을 쓸어내고 난로에 쓸 장작을 패고 나르는 번거로움을 즐긴다. 스위치만 누르면 뜨끈뜨끈해지는 보일러의 편리함을 모르지 않지만 더러, 내려놓아야 불행하지 않다. 다 가질 수는 없지 않은가.

언 몸을 녹이는 난로 위엔 노란 밤고구마가 아주 맛있게 말라가고 있다!

● 장작더미를 바라보며

지난한 겨울이 끝났다는 것은 내가 마침내 난로에 쓸 장작에서 해방되었음을 의미한다. 담벼락에 쌓아놓은 장작더미와, 장작이 활활 타오르는 난로를 빼놓고는 작업실의 겨울 풍경을 상상하기 어렵다. 그 정도로 장작과 불은 산골 살림에서 중요하다. 하지만 그런 그림을 만들기 위한 주인네의 노고는 실히 눈물겹다. 장작을 도끼로 패는 것도 큰일이거니와 이를 한 결에 쌓고 비나 눈을 맞지 않게 잘 건조시키는 일도 보통 일은 아니다. 처음엔 젊은 혈기에 산에 올라 나무하기를 즐기기도 했다. 작업실 뒷산을 여기저기 돌아다니며 간벌해놓은 나무들을 끌고 내려오는 게 그렇게 멋지고 재밌는 작업처럼 느껴졌다. 힘든 줄도 모르고 욕심에 좀더 굵은 나무를 데려오려고 안간힘을 쓰곤 했으니…… 지금 생각하면 어처구니가 없어 실소가 나온다. 산이 빽빽해 나무를 굴릴라치면 좀 굴러내려가다 다른 나무에 가로막히고 또 가로막히곤 했고, 궁리 끝에 나무 앞쪽에 끈을 묶어 끌어내리자니 오히려 나무가 굴러와 아래서 끄는 날 칠 것 같았다. 그래도 어떻게 해온 몇 개의 나무를 내려놓으면 마치 전리품이라도 얻은 양 자랑질을 잊지 않았다.

또 하루는 산행 끝에 다 넘어진 오동나무를 발견하곤 작업실에서 엔진 톱을 챙겨 들고 다시 산을 올랐다. 제법 굵은 나무였다. 톱에 시동을 걸고 나무를 자르려는 순간, 언젠가 읽었던 소설가이자 번역가 이윤기 선생의 책 한 구절이 생각이 났다. 선생님은 형제분이 많으셨고, 어린 시절 선생의 맏형님이 어린 동생들을 공부시키기 위해 당신은 학업 대신 산에서 나무를 해다 팔아 동생들 학비를 보내셨단다. 이 어르신은 성품이 워낙 너그럽고 인정이 많으셔서 나무를 벨 때도 그냥 베는 법이 없다 했다. 베다 팔 나무가 정해지면 베 넘기기 전에, 먼저 톱으로 나무를 툭툭 치시곤 "나무님유! 톱 들어가유" 하며 나무에게 먼저 알리셨다 했다. 비록 말 못 하는 나무일지언정 한 그루도 허투루 다루지 않으셨던 그 마음에 생각이 미치자 나도 따라 해야겠다는 생각이 들었다. 비록 죽은 나무지만 이 자리에서 몇십 년을 있었을 터. 내가 무척 해보고 싶던 일이고 그때는 그걸 참 재밌게 생각했다. 하지만 지금은 거의 하지 않는다. 산에서 나무하기가 더이상 자유롭지 않을 뿐 아니라 슬프게도 더러 내게 감정적으로 그리고 육체적으로도 힘든 일이 되어버린 탓이다.

그래도 장작 쌓아올리기나 가끔 하는 도끼질은 꽤 재밌는 작업이다. 눈 내리는 추운 겨울날 꽁꽁 얼어붙은 굵은 나무토막이 도끼에 내리찍혀 "쩍" 하며 갈라지면 통쾌하달까? 뭐 그런 쾌감이 있다.

나무와의 끈은 일상생활에서만 연결돼 있는 게 아니다. 도자기 작업 과정에서 가마 소성에 필요한 나무를 구하는 일은 어찌 보면 가장 중요한 요소 중 하나다. 나와 나무의 인연은 사계절 내내 이어진다. 장작 가마에는 소나무만 쓰는데, 소나무가 다른 수종에 비해 불꽃 길이가 길고 화력도 좋은데다 재가 많이 생기지 않아서다. 보통 한 번 소성할 때 대략 5톤 트럭 분의 소나무를 가마에 넣고 불을 땐다. 참나무처럼 재가 많이 생기는 나무를 때면 가마 안이 재로 가득차서 나무를 원하는 만큼 넣을 수가 없다. 우리 조선의 도공들이 오랜 실험 끝에 소나무가 가마에 최적격이라는 사실을 알아내셨을 터! 게다가 소나무가 타면서 송진이 가마 속 기물에 붙어 자연 유약 역할을 하는데 송진이 불을 잘 받을 경우 무엇에도 견줄 수 없는 아름다운 자연색을 발현해낸다. 어떤 나무를 쓰느냐가 작품의 완성도를 결정짓는다 해도 과언이 아니기에 나무를 준비하고 다루는 과정도 몹시 까다롭고 신경을 많이 써야 한다.

주로 강원도처럼 온도 변화가 큰 지역의 소나무가 응집력도 좋고

송진도 많다 하여 주로 그쪽 지방에서 자란 소나무를 사다가 적어도 6개월 이상 충분히 나뭇간에서 말린다. 장작의 수분을 가능한 한 없애야 불 힘을 올리는 데도 좋고 가마 속 습도를 낮춰야 소성중 작품이 파손될 가능성도 낮아지기 때문이다.

이렇게 강원도 산판에서 가져온 통나무를 60센티미터 길이로 자른 후 다시 도끼로 지름 4~5센티미터 두께가 되게끔 팬다. 도자기 가마에는 봉통(가마의 가장 아랫부분으로 아궁이 같은 곳) 불과 칸(도자기를 쌓아두는 곳) 불이 있는데, 봉통 불은 전체 가마를 데워주는 역할을 한다. 제법 굵은 통나무 장작을 불이 꺼지지 않도록 12시간 정도 땐다. 그후 가마의 온도가 1000도 가까이 오르면 칸 불을 때는데 칸 불에서 빛깔이나 형태가 잡히며 작품의 완성도가 갈린다. 칸 불이란 패놓은 소나무 장작을 가마 칸에 던져넣으며 불을 때는 것이다. 내 가마는 네 칸짜리 가마로 보통 한 칸마다 적어도 세 시간에서 네 시간 혹은 그 이상 불을 땐다. 가마 온도가 1230도 정도까지 올라가고 불의 상태에 따라 관찰해 끝을 가늠할 수 있기에 그날의 외부 조건 즉, 날씨, 풍속, 나무의 상태 등등에 따라 가마 소성 시간이 달라진다. 그래서 일반화하기는 힘든 작업이다. 이렇게 힘든 과정 속에서 가마 소성에 쓰이는 장작 하나하나도 함부로 할 수 없는 것이 우리 도자기 작업의 숙명이다.

수년 전 나뭇간을 꽉 채울 만큼의 소나무를 받아 넣고선 뿌듯해하기도 했었는데 어느새 그 많은 나무를 다 쓰고 이제 새로 나무를 들여와야 할 때가 되었다.

선녀와 나무꾼 이야기 속 선녀처럼, 저 너머 다다른 봄 앞에 너풀거리는 치맛자락을 휘날리는 것도 좋겠지만 그래도 내게 맞는 옷은 나무꾼의 옷 아닐지…… 오늘도 기꺼이 나무꾼의 옷을 걸친다. 아무런 미련 없이!

● 눈구경 말고 눈 치우기?

올겨울 첫눈이 온 날, 한가로이 눈구경만 할 처지가 못 되는바, 싸리비를 찾아 사람 다닐 통로를 만든다. 쓱쓱. 싸리비 소리가 명쾌하게 산중 작업실의 고요함을 깨운다. 얼른 눈을 치우고 더 큰 눈과 추위가 닥치기 전에 난로 연통도 청소해야 한다. 어제 난로에 불이 잘 붙지 않고 연기가 안으로 들이치던 걸 보니, 필히 연통이 찼을 게다. 참나무는 그을음이 적고 화력이 센 난로 땔감으로 많이 쓰이지만 타면서 나는 연기 때문에 생기는 목초액이 연통을 막는다. 겨울에 한두 번은 꼭 연통 청소를 해주어야 한다.

사다리를 놓고 연통을 청소하다 문득, 지난가을 가마 소성 때로 생각이 이어진다. 청소를 마치고 난로에 장작을 집어넣어 불을 붙이고 가마로 나가본다.

지난 10월 말 소성일, 새벽에 시작된 불이 커져서 거의 봉통 문을 가득 채워 700도를 넘어가고 있었다. 어렴풋이 가마 첫째 칸 뒤쪽은 물론 둘째, 셋째 칸 지붕 위로 연기가 빠져나오는 게 보였다. 제법 많은 연기가 새어 나오고 있어 급히 진흙을 개어서 연기 나는 틈을 막아야 했다. 연기가 난다는 것은 열 손실을 의미한다. 아직 심각한 상황은 아니지만 계속 방치할 순 없고 원인을 찾아서 수습해야 했다. 게다가 장작 가마에서 혹여 연기가 나오는 구멍으로 산소가 들어가면 의도치 않게 소성중인 작품의 유약 색이 변질될 수도 있어 간과할 수 없다. 도자기를 구울 때는 환원 소성이라 하여 산소의 유입을 억제하는 것이 원칙이다.

급히 응급처치를 했지만 연기를 완벽하게 잡기는 힘들었다. 다만, 여기저기 갈라진 틈을 진흙으로 메우며 소성을 진행했다. 결론부터 말하자면 그로 인해 작품에 큰 변화가 생기지는 않았다. 다행히도…… 가마를 박은 지 벌써 16년 정도 되었으니, 그동안 수십 번 소성을 하며 가마에 미세한 균열이 생기기도 했겠지.

그렇게 벌써 한 달도 더 지난 지금, 가마 칸 어디에도 그날 소성의 열기는 없다. 다만 가마 문 위마다 거무스름한 그을음만 남긴 듯, 가마는 싸늘하기만 하다. 가마 지붕 곳곳에 생긴 가늘고 긴 틈만이 치열했던 지난 소성을 기억하는 듯하다. 가마 전체를 여기저

기 자세히 살펴보니 본체에서 굴뚝으로 빠져나가는 통로 역시 균열이 보인다. "이 눈이 녹으면 바로 가마 수리를 시작해야지. 봄까지 기다리긴 너무 힘들겠지?" 괜스레 가마를 툭툭 쳐본다. 제대로 돌보지는 않고 막 쓰기만 한 것 같아 미안한 마음에……

처음 가마를 박을 때가 생생히 기억난다. 지금의 네 칸짜리 가마가 너무 작다고 생각했다. 이제 막 작업을 시작한 신출내기의 무모한 패기와 용기가 지금은 살짝 부끄럽게 느껴진다. 그러나 사뭇 무모한 그런 추진력이 지금의 나를 만들었을 테니. 요즘 들어 가마 네 칸을 작품으로 다 채운다는 것이 무겁게 다가올 때 가마 박던 그때를 문득 상기한다.

이렇게 처연하게 눈은 내리고 마음은 무겁고 복잡한 날, 창밖의 눈은 그냥 넋 놓고 바라보기보단 나가서 치우는 것이 딱이다. 누가 뭐래도! 어차피 누군가는 저 눈을 치워야 하니까.

작업실로 들어오니, 아까 붙인 난로의 불이 활활. 성공적이다. 오늘도 난 맛있는 점심 먹을 자격이 있다. 뭐, 그거면 충분하지 않은가? 무거운 마음을 살짝 내려놓아본다.

봄

● 그래도 봄은 온다

유난히 추웠던 지난겨울의 끝자락, 앞산 능선 따라 늘어선 나무에 제법 물이 올라 가지 끝이 연한 연둣빛으로 변해가는 것 같다.

"봄인가?"

살짝 설레는 마음으로 두꺼운 스웨터를 벗어던지고 1층 작업실로 내려온다. 호기롭게 작업실 문을 열어젖히자, 웬걸, 쨍한 찬 공기가 코끝에 와 닿는다. 내 설레발에 민망해져 멋쩍게 입가를 씰룩거려본다. 여전히 찬 실내 공기 탓에 간밤에 밀어둔 꼬막은 아직도 얼음처럼 차가운데, 난로를 피우기에는 바깥 햇살이 너무나 따뜻하게 느껴져 차마 불 피우기를 망설인다. 지난밤 늦도록 빚어올린 작업물이 처음 만들었을 때와는 달리, 마음에 차질 않고 어처구니없

게 느껴지면 작업물을 가차없이 뭉개버린다. 어젯밤의 수고와 시간이 안타까워도 다른 도리가 없다. 다른 작업도 그렇지만 특히 흙 작업은 지극히 노동 집약적이며 시간 소모적인 과정이다. 도자기 하나를 만들기 위해 대략만 따져봐도 20가지가 넘는 공정을 거쳐야 하고 길게는 6개월이라는 시간을 기다려야 완성품을 손에 쥘 수가 있다. 그래서 어떤 작품도 함부로 가마에서 소성할 수가 없다. 나처럼 전통 방식의 장작 가마 소성(도자기를 가마에 넣고 불을 때는 것)을 하면 그렇다는 얘기다. 작품을 만드는 과정도 그렇지만 작품을 만든 후, 장작 가마 소성을 하며 막대한 작업량을 소화하고 이틀 낮과 밤을 꼬박 새우며 신묘로운 시간들을 통과한다. 생각해보면 뭐 하나도 조심스럽지 않은 과정이 없고 모든 작업 단계가 경이롭기까지 하다. 그래서 아무리 많은 시간과 노력을 투자해서 힘들게 만든 작업물이라 해도 그 완성도가 기대에 미치지 못할 땐 과감히 연을 끊고 새로이 시작할 수 있는 결단력과 단호함을 익혀야 한다. 도자기 작업은 공히 작가의 작업량과 작업 시간이 작품의 완성도와 비례한다. 오랜 노력과 고민 그리고 시간을 들여 만들어낸 작품이라면 좋은 작품의 기본 조건은 갖춘 셈이다. 거기에 작업한 이의 정신과 혼이 느껴진다면 더할 나위 없을 듯……

　이렇게 밤새 온갖 애정을 쏟은 작품을 뭉개버리고 나면 곧바로 새로운 작업을 진행하기가 두렵다. 가야 할 길이 멀고 험하다는 것

을 알기에 또 실패할까 두려운 것이다.

　물레 앞에 서서 한참 창밖에 비치는 앞산을 바라본다. 저멀리 앞
산에는 봄이 온 것 같다. 더이상 물레 앞에만 서 있을 수가 없었다.
밖으로 나가 지난 추위에 혹여 작약 싹은 무사한지, 수선화는 또 얼
마나 머리를 내밀고 올라왔는지, 밀려오는 궁금증에 뾰족한 연장을
손에 들고 작약 군락이 있는 앞 정원으로 내려간다. 말라죽은 작년
줄기 틈바구니로 연장을 넣고 흙을 파본다. 얼마 안 가서 연다홍색
작약 싹이 여기저기 머리를 내밀고 있음을 확인한다. 안심이다. "올
겨울도 잘 버텨주었구나" 하며 대견해 죽을 지경이다. 5월 정원을

가득 메울 연분홍 홑작약꽃을 생각하니 절로 신이 난다.

작약 군락 아래, 정원 들어오는 작은 길 양옆으로는 수선화가 벌써 초록초록한 머리를 내밀고 있다. 내가 심은 토종 수선화는 3월 중순이면 누구보다 먼저 봄이 저 산 너머에 있음을 알려주며 우리 정원의 최첨병 노릇을 한다. 크림색 꽃송이도 작고 잎 길이도 15센티미터가 채 될까 말까 하지만 그 자그마한 강인함으로 눈 속에서도 초록의 싹을 피운다. 우리 정원에서 가장 먼저 피는 꽃이 수선화다. 이 산중 한 뼘도 안 되는 흙 속에서 영하 15도의 매서운 겨울바람과 눈보라를 이겨내고 메마른 풀과 흙 사이로 파란 새싹을 틔워내는 가녀린 수선의 위대함이란! 진정 난 1분도 맨살로 견디기 힘든 혹한을 말이다. 누가 인간을 신이 만든 위대한 피조물이라 했는지…… 아마 가장 나약한 존재 아닐까? 모르긴 해도 수선보다는 당연히 약한 것 같다. 긴 겨울의 시련을 뚫고 올라오는 초목의 생명력은 겨우내 갇혀 있던 내 몸과 마음을 일으킬 만큼 충분히 경이롭다.

이렇게 땅이 녹고 싹이 하나둘 올라오는 시기에는 작업실에 엉덩이를 붙이고 있기가 정말 죽기만큼 싫다. 시도 때도 없이 정원으로 나와서 싹의 존재 유무도 확인하고 따뜻한 봄 햇살을 등에 받으며 더러 올라오는 풀들을 뽑고 싶어서이다. 거기다 밖에 할일도 만만찮다. 싹들이 올라오기 전에 정원 전체에 거름도 주어야 하고 매화나무며 벗나무, 자두나무, 해당화, 그리고 수국까지 전지를 해주고 겨우내 떨어져 굴러다니는 낙엽도 정리해줘야 한다. 정말 잠잘 시간도 아까운 날들이다.

매년 4월 넷째주 토요일, 봄 가마 소성일. 항시 정해진 일정이고 1년에 두 번 소성 중 봄 가마 소성이기에, 말할 수 없이 중요한 1년 대사라 해도 과언이 아닌 어마무시한 중대사가 코앞이지만 눈앞에 펼쳐진 봄소식에 도자기 물레를 물리치고 오늘도 정원 한 곁으로 달려간다. 작년 겨울 신청한 유기농 퇴비 100포대! 한 40~50포는 가을에 쓸 수 있게 남겨두고 50포는 3월 중에 정원 이곳저곳은 물론 텃밭까지 골고루 뿌려줄 참이다. 모르긴 해도 하루이틀에 끝나진 않을 듯. 오늘 밤도 뒤로 미뤄둔 작품들로 물레 앞에서 밤을 또 하얗게 새울 것이다. 봄 불은 때야 하므로…… 이렇게 오매불망 기다리지 않아도 새싹은 하릴없이 올라오건만 왜 그리 안달을 내는지…… 그냥 가만히 있으면 좋을 텐데.

그래도 봄은 온다!

고라니의
습격

4월과 5월 그리고 장마가 오기 전까지, 수십 가지 꽃들이 연이어 피고 지면서 지요의 정원은 어느 때보다 화려하고 아름답다. 10여 년이 묵은 정원은 그야말로 자연스럽게 어우러진다. 지금껏 온갖 가지 꽃과 나무를 심었는데 그중 이 토양에 맞는 것만 살아남아 번져서 군락을 이루기 때문에 안 이쁘려야 안 이쁠 수가 없다. 수선이 그렇고 데이지, 야생당근, 양귀비, 수레국화, 작약, 아이리스, 붓꽃, 창포, 톱풀, 무스카리, 상사화, 비비추, 각종 호스타 등등이 연이어 어울려 핀다. 그러다 5월 중순이면 정원의 화려함은 절정을 이루는데, 하얀 데이지와 야생당근꽃이 바탕에 쫙 깔리고 그 틈틈이 연분홍과 진분홍 작약, 노랑 창포꽃 그리고 짙은 보라 붓꽃과 주홍빛 양

귀비까지 함께 무리 지어 핀다. 이 색의 향연을 거니며 드는 생각, "이런 호사 중 호사를 내가 누리는구나". 허리가 휘도록 힘들었던 그간의 기억은 까마득히 잊은 지 오래다.

그러나 이런 아름다운 그림 뒤에 숨은 불청객들이 있으니……

정원에서 내가 가장 애정하는 튤립! 작업실 앞 갤러리 창가를 따라 지난해 늦가을 심어둔 니그레타라는 진보라색 튤립이 길게 줄지어 피어나 그 존재 자체로 충분히 고고하게 아름답다. 그러나 이 고운 자태는 결코 쉽게 지켜진 것이 아니다. 고라니 녀석들이 조용한 밤이 되면 산에서 내려와 이제 막 싹이 올라오기 시작하는 튤립 구근을 파서 먹어치운다는 사실! 하나도 남기지 않고 어쩌면 그렇게 귀신같이 알고 찾아 먹는지…… 그래서 튤립을 심고 바로 망을 쳐줘야 고라니의 급습으로부터 나의 사랑스러운 튤립을 보호할 수 있다. 급기야 고라니는 정원에서 그냥 잠도 자곤 하는데 아침에 정원으로 내려가보면 고라니가 누웠던 자리에 풀이 눌려 있는 것을 흔히 볼 수 있다.

처음에는 원추리 새싹 정도만 먹었었는데 이제는 학습 효과가 생겼는지 먹어치우는 개체 수가 점점 늘고 있다. 폭이 80센티미터는 족히 되는 심장 옥잠화 싹에서부터 심지어 작년 가을 씨를 뿌려 봄내내 물 주고 키운 양귀비 새싹까지! 밤에 자지 말고 보초를 서야 할 판이다. 그래서 방책으로 옷걸이에 비옷을 걸고 내 밀짚모자를 씌워 나무에 매달아놓기도 했지만 고라니와의 전쟁에서 아직까지 항상 패잔병 신세다. 이른 아침, 정원 순찰길에 반쯤 씹다가 버려둔 튤립 구근을 보면 약이 올라 미칠 지경이다.

또하나 숨은 불청객은 두더지다. 사실 두더지를 처음 만난 건 정원에서가 아니다.

내가 기르던 고양이 중 가장 자유로운 영혼을 가진 짝눈이는 날 가구 정도로 생각하며 밖에 나가 자연 속에서 놀기를 즐기는 그런 녀석이었다. 이놈이 종종 자신이 잡은 사냥감을 자랑삼아 물고 들어와 꼭 내 침대에 올려두곤 했다. 그 전리품 중 두더지도 있었다. 처음엔 제대로 쳐다보지도 못했는데 몇 번 겪다보니 들여다볼 여유가 생겼다 할까. 그리 나쁜 인상은 아니었다. 아주 작은 새끼였는데 주둥이가 뾰족하고 그 끝이 뭉툭한 것이 살짝 귀엽기까지 했다.

하나 정원에서의 두더지는 아주 고약하기 짝이 없었다. 꽃과 나무뿌리 사이사이로 땅굴을 수도 없이 미로처럼 파놓아서 결국 식물이 시름시름 말라 죽고 겨울에는 얼어 죽기도 했다. 두더지의 습격에 가장 큰 피해자는 수국과 산수국이다. 안 그래도 물을 좋아하는 수국인데, 두더지가 뿌리 곁에 굴을 파놓아 그리로 물이 다 흘러내려가버리면 정작 수국은 먹을 물이 부족하다. 매번 두더지가 파놓은 굴을 찾아 메워도 어느새 또 파놓곤 한다. 두더지와의 한판에서도 난 KO패다.

방책은? 파놓은 땅굴 근처에서 기다리다가 두더지가 땅을 파고 올라오면 때려잡는 게 제일이라는 동네 어른의 말씀…… 어찌하겠는가! 어쩌면 그들이 원주민 아닌가? 할 수 없다. 결국은 평화적인 방법이어야 하므로 그냥 공생하는 걸로……

이른바 어쩔 수 없는 적과의 동침이다!

● 새순 채집

그런 말이 있다. 초봄에 파란 것은 다 먹을 수 있다고.

산에서 살다보니, 정말 조금만 부지런을 떨면 온 천지가 먹거리로 가득하다. 봄에 올라오는 새순은 정말 거의 다 먹을 수 있는 것들이다. 두릅나무 엄나무 가죽나무 오가피나무 찔레나무 다래나무 생강나무 심지어 옻나무까지! 이 새순들은 채집하는 과정도 매우 흥미진진하다.

두릅나무나 엄나무는 10여 년 전에 이미 작업실 주변에 심어두어 해마다 그 덕을 톡톡히 본다. 특히 엄나무순은 귀해서인지 비싸기도 하고 봄 식탁에 올려놓으면 제일 먼저 손이 간다. 그 쌉싸름한 향과 맛이 초고추장은 물론 각종 양념을 더한 된장과도 무척 잘 어

울린다. 그러나 이 엄나무순은 따기가 아주 고약하다. 나무 가시가 워낙 억세고 촘촘히 박혀 있어 장갑을 끼면 그 틈을 뚫고 들어가기도 힘들고 따다보면 손에 상처도 입곤 한다. 지난해는 나무가 훌쩍 자란 탓에 거의 사다리 끝까지 올라가야 그 고운 순을 딸 수 있었다. 그러다 어떻게 사다리가 휘청해서 떨어지고 말았다. 마침 이웃이 밭에 쳐놓은 그물 울타리가 날 살짝 받아주어 땅바닥에 내동댕이쳐지는 일을 피했다. 이렇게 힘들게 딴 엄나무순이 맛이 없을 순 없다. "내 생명과 바꾼 새순"이라며 너스레를 떨며 나누어줘도 받은 이는 싫다 하질 않는 것 같다.

산행길에 만난 다래나무에서 순을 따면 제법 한 움큼인가 싶지만 데쳐보면 몇 젓가락 되질 않고 된장에 살짝 버무린 그 고소한 맛이 입안에서 아쉽다. 옻순도 아주 별미인데 새순은 독성이 없다 하니 가끔 보이면 따서 먹기도 한다.

여기에다 봄에 산과 들에 널려 있는 쑥, 냉이, 달래, 머위, 부추, 그리고 취나물 등은 봄 식탁을 채우는 대표 선수들이다.

쑥, 냉이, 달래, 부추를 함께 넣고 전을 부치면 접시에 올라갈 틈이 없이 진정 프라이팬에서 다 없어질 정도로 봄 향 그 자체다! 참, 깜박 잊고 있었는데 이웃 밭에 이상하리만큼 황새냉이가 많았다. 황새냉이는 그 이름에서 알 수 있듯이 잎보다는 길고 튼실한 뿌리를 튀겨서 먹는데 진정 그 향 때문에 매년 이맘때면 황새냉이가 생각날 정도다.

넓은 수반에 데친 머위 펴서 한쪽에 놓고 그 옆에 손바닥만한 엄나무순, 두릅 데쳐서 가지런히 올려놓으면 어떤 꽃보다 이쁘다. 갓 자른 부추를 송송 썰어 고춧가루, 식초, 매실액에 살짝 조물조물해 둥근 볼에 소복이 담는다. 부추 향을 느끼려면 양념은 살짝만 해도 충분하다. 널찍한 접시에 쑥을 잔뜩 넣고 부친 전을 따뜻하게 담고 그 옆에 지난가을 수확한 매콤한 청양고추 장아찌를 곁들여 먹으면 전의 느끼함을 잡아주어 한도 없이 들어간다. 참! 취도 빠지면 섭섭하다. 된장에 버무려 작은 볼에 담는다. 취는 나물로 먹어도 좋지만 흐르는 물에 잘 씻어서 생으로 먹으면 그 향이 어마어마하다. 머위 한 장 잘 펴서 놓고 그 위에다가 곰취 한 장 올리고 된장과 함께 쌈을 싸 먹으면 이 봄날 누릴 것 다 누린 기분이다.

또 뭐가 있더라…… 아! 고사리! 고사리나물도 있다. 산을 몇 해를 오르면서 빤히 쳐다보고도 그게 고사리인 걸 몰랐다. 재작년 이제 막 올라오는 진짜 고사리손같이 생긴 순을 한 움큼 따서 내려와 이웃에 사시는 지연이 할머니에게 보였다.

"이게 뭐예요? 고사리 맞아요?" 산에서 내려오느라 가빠진 숨을 몰아쉬며 물었다. 내 손을 내려다보시며 할머니가 아주 나직이 말했다.

"어디서 땄어?"

"산에 올라가는 초입 중턱에 아주 잔뜩 있어요" 했더니 기다 아니다 말은 없고

"내일 나랑 거기 가봐, 다른 이한텐 아무 말 하지 말고……"

더이상 물을 필요도 없게 됐다.

그렇게 시작된 고사리 채집 생활(?)은 정말 좋았다. 마치 숲속 나무 아래 낙엽 속 보물찾기 같았다. 그렇게 이틀은 산에서 고사리를 찾으러 다녔다. 가져와 삶아 볕에 바짝 말려 보관하면 두고두고 먹을 수 있는 귀한 음식일 터! 하나 내 촌스런 입맛 탓인지 서툰 솜씨 때문인지 고사리 맛은 기대만큼은 아니었다. 후에 알았지만 고사리나 고비는 하루나 이틀쯤 아주 충분히 물에 담가 쓴맛을 빼내야 한단다. 어설픈 솜씨로 아까운 고사리만 허비해버렸으니……

이렇게 온갖 새순과 풀로 가득한 봄 식탁 어떠신지!

눈부시게 찬란한 생명력으로 가득한 봄날의 식탁! 함께 나누고 즐기기에 어쩜 더 좋은 것이리라.

● 마침내 4월!

봄, 매년 맞이하는 이 봄, 하고도 4월은 얼마나 찬란한지! 대부분 그렇겠지만, 특히 나처럼 자연과 함께 가는 삶에서 4월이 주는 흥분은 어마어마하다. 작업실에 묶어두었던 내 마음도 앞뜰로 뒤뜰로 완전 탈출을 감행한다. 지요에서 스무번째 맞는 4월이지만 여전히 주체할 수 없을 만큼 설레는 이유는 바람을 타고 날아오는 매화 향이, 연한 낮빛으로 흔들리는 수선화가, 하늘이 보이지 않을 정도로 자라 터널을 만든 벚나무 길이, 부끄러운 듯 피어나는 해당화의 그 연분홍 꽃잎이, 분 향으로 가득한 하얀 꽃망울을 길게 드리우는 조팝나무가 있기 때문이다. 4월 중순에서 5월 말까지 정원은 가장 아름답고 화려하다.

봄 소성이 끝나면 매화가 막 피기 시작한다. 매화꽃 봉오리를 몇 개 따다 다기에 넣고 찻잔을 들고 작업실 옆 감나무 아래로 자리를 옮겨 앉았다. 옆을 올려다보니 감나무에서 불과 얼마 떨어지지 않은 언덕에, 산으로 올라가는 작은 길옆으로 매화나무가 연둣빛 매화꽃을 흐드러지게 매달고 있다. 감잎이 나오지 않아 앙상한 가지 사이로 내리쬐는 햇살이 아직은 따뜻하게 느껴진다. 매화 향 가득한 차 한잔에 어느새 봄이 다 온 듯하다.

이렇게 앉아 저 앞 정원을 내려다본다. 정원이 시작되는 곳은 양쪽으로 조팝나무 군락과 제법 큰 나무수국이 오는 이들을 맞이한다. 정원에 심은 꽃도 나무도 사연 없는 것이 없지만, 특히 이 조팝나무에 참 마음이 간다. 꽃에서 나는 신비한 분 향 덕에 일본에선 게이샤 나무라 부르지만 우리에겐 또다른 해석이 있다. 일본 사무라이들이 이 나무를 보고 일상의 권태를 잊게 해주는 게이샤를 떠올렸다면, 보릿고개의 아픔이 있는 우리 민족은 나무의 작고 하얀 꽃잎이 좁쌀을 떠올리게 한다 해서 조팝나무라 부르게 되었다는 것이다. 조팝나무는 우리나라 어디에서나 흔히 볼 수 있는 나무로, 작업실 동쪽으로 조팝 군락이 줄지어 있어서 이들을 그대로 보존한 채 정원을 만드느라 정원 모양이 평평하지 않고 한쪽으로 기울었다. 어떻게 보면 자연스럽기도 하지만 땅의 효용 가치를 따지자면 썩 현명한 판단 같지는 않다. 그러나 사실, 내가 하는 일의 대부분은 효율성이나 기능성보단 얼마나 자연스럽게 잘 어우러지는가에 관한 것이다. 그래서 정원의 조팝 군락은 자연 그대로를 보존하고, 여러 해 동안 주변 여기저기에 흩어져 있는 조팝들을 옮겨다 아래 정원에 심었다. 별다른 장비를 쓰지 않고 삽과 곡괭이로 파서 외발 수레에 싣고 내려오고, 길이 없는 곳에서는 포대에 조팝나무 둥치를 넣어 둘러메고 지고 내려오기도 했다. 이런 생고생(고생이라 하기엔 엄청 즐겼던 것 같다) 끝에 갖게 된 결과물이라 매 4월 날 흥분시키기에 충분하다.

그때 재미있는 일 중 하나가, 이태를 이고 지고 조팝을 캐다 심었는데 그래도 성에 차지 않아 그 당시 대학에 다니던 조카 녀석을 꼬드겨 녀석의 친구들을 동원해 대량 이목을 야심차게 계획했다. 결과는 솥뚜껑도 씹어 먹을 것 같은 말만한 장정 예닐곱을 점심 저녁 거기다 참까지 해 먹이느라 허리가 휘었다는 얘기다. 이목은? 글쎄. 아무리 흔하디흔한 나무라도 분을 떠서 나무뿌리에 붙어 있는 흙을 다 털어내지 않고 옮겨야 하는데 달랑 뿌리만 앙상하게 뽑아 버린 나무는 살기가 힘든 법이다. 그래도 젊은 친구들의 패기 넘치던 모습은 지금도 눈에 선하다.

이 조팝을 지나 길 양옆으로 낮게 꽃잔디가 깔려 있고 그 뒤로 산수국 군락과 작약 군락이 펼쳐진다. 작약은 대부분 토종 홑겹 작약으로, 연한 핑크부터 진한 자주까지 가득하다. 매년 퇴비를 아끼지

않게 만드는 주요 작물로 그 크고 화려한 자태가 더욱 빛을 낸다. 이 작약은 해당화의 아래를 감싸는 치맛자락이 되어주기도 하는데 해당화가 필라치면 물방울처럼 가지 끝에 매달려 있는 그 연분홍 자태가 얼마나 우아한지! 아마 기품 있는 명문대가의 앞뜰에 어울릴 것이다.

그러나 뭐니 뭐니 해도 4월 정원의 주인공은 벚꽃길과 그 틈틈이 피어나는 각종 수선화일 것이다. 4월의 파란 하늘을 배경으로 줄지어 핀 벚꽃은 정원을 한층 환하게 밝히기에 부족함이 없고, 무리 지어 피어오른 수선화의 연약함을 사랑하지 않을 수 없다. 개체수로 따졌을 때 내 정원에서 손꼽히는 수종인 수선화는 추위에도 강하고 번식도 잘되는 아주 효자 같은 존재다.

고백건대, 내 정원은 풀을 좀 덜 뽑기 위한 방책으로 시작되었다고 해도 과언이 아니다. 가을에 구덩이를 파고 수선화와 튤립 구근을 모아심기 하면 아무리 큰 추위가 지나가도 다음해 4월이면 이렇게 변함없이 싹을 틔우고 꽃을 피운다. 여기에 배신 배반은 없다. 그래서일까. 삼복더위에도 엎드려 풀 베고 뒷등이 땀으로 범벅이 되어 땀띠로 가려워 늦여름 잠을 설치고 내 거무튀튀한 낯빛은 촌부와 다름이 없어도 하나 억울하지 않다.

그래서 마침내 4월! 설렘으로 맞이한다.

● 봄 식탁

지난 20년 동안 많은 분이 작업실을 다녀갔다. 작업실을 찾아오는 손님들이 거의 서울에서 오시고 거리가 있다보니, 없는 재주지만 재주를 부려서 점심상 정도는 대접을 하는 형편이다. 더욱이 도자기 작업을 하다보니, 자연 내 일은 상차림과도 큰 관계가 있다. 그래서 어울리지 않게 가끔 밥 선생이 되기도 한다.

먼길 시장한 탓도 있겠지만 다들 맛있다며 더러 어떻게 만드느냐고 묻는 이들도 있다. 사실, 여기서 최고의 레시피는 밭이나 산에서 바로 수확한 신선한 식재료가 아닐까 한다. 더러 맛있다고 싸 가는 이가 있는데 집에서 먹으면 그 맛이 아니란다. 그래서 음식은 여행을 하는 게 아니라던가?

여하튼, 바로 채취한 재료로는 대충해도 맛이 없을 수가 없지 않을까 한다. 매번 손님의 식사 메뉴를 적어놓곤 하는데 한번 쭉 훑어보니 해마다 거의 유사한 식단이 준비되고 있었다. 아마도 그 절기에 나오는 재료로 식단을 꾸미다보니 그런 것 같다.

여기에 대표적인 봄 메뉴를 옮겨본다.

2018년 4월 11일

○ 시래기밥/달래장   ○ 배춧국   ○ 쑥전

○ 부추 돌미나리 민들레 겉절이   ○ 궁채나물

○ 달래깍두기   ○ 오징어채 멸치볶음   ○ 김장김치

---

1. 겨우내 가마 칸 처마 끝에 매달아놓은 무청 시래기를 내려 푹 삶아 총총 썰어 집간장과 들기름에 무쳐 밥을 안친다. 작업실 뒤편 언덕배기에 산달래가 이맘때면 지천이라 삽 들고 올라가 꽤 머리가 큰 놈으로 한 움큼 캐어와서 잘 씻어, 만들어놓은 맛간장과 이웃 할머니가 직접 짜주신 들기름을 넣고 맛있는 달래장을 버무려둔다. 이때 간장은 조금만 달래는 잔뜩!

2. 거기에 산에서 쑥을 따서 그때그때 나오는 재료를 같이 넣고 전을 부친다. 냉이, 달래, 부추, 돌미나리 등등…… 쑥 향이 입안에

그득해지는 맛이다.

3. 텃밭에 막 올라오는 부추는 정말 몸에 좋은 모양이다. 옛말에 첫 부추는 문 걸어 잠그고 먹는다 한다. 그리 좋다는 첫 부추 자르고 개울가에 올라온 돌미나리는 물론, 꽃 피기 전 잎이 연한 민들레까지 넣고 고춧가루, 간장, 식초에 매실청 뿌려 살짝 무쳐준다.

4. 상추대인 궁채나물을 물에 담갔다가 들깻가루 넣고 소금으로 간을 한다. 오도독오도독 씹는 맛이 아주 일품으로 들깨의 고소한 맛과 식감이 주는 건강함이 있다.

5. 산에서 캐온 달래를 쫑쫑 넣고 무도 아주 잘게 썰어넣고 깍두기를 담아낸다. 봄 향기가 바로 이것이리라. 이 절기엔 달래 향을 비롯해 쑥 향까지 각종 봄 내음이 식탁에 가득하다.

○ 찹쌀밥 ○ 고추장찌개 ○ 돼지고기 수육 ○ 엄나무순/두릅순

○ 곰취쌈 ○ 돌나물 ○ 파김치 ○ 열무김치

1. 찹쌀밥은 물에 살짝 불린 찹쌀을 찜기에 넣고 먼저 한 번 찐 다음 간이 된 삶은 팥을 넣고 다시 한 20분간 쪄내면 아주 맛있고 밥알이 살아 있는 고슬고슬한 밥이 된다.

2. 여기에 달콤매콤한 진한 고추장찌개는 필수! 소고기를 마늘과 고춧가루와 함께 볶다가 감자, 양파, 호박을 넣고 끓이면 되는데 이때 감자와 양파를 충분히 넣어야 맛있고 제법 오랜 시간 끓이면 거의 야채 스튜 같은 맛을 낸다.

3. 돼지고기 수육은 쌈채소가 많이 나는 계절의 단골 메뉴로, 마늘과 된장 그리고 통계피를 넣고 삶는다.

4. 이맘때만 맛볼 수 있는 별미 중 별미는 엄나무순과 두릅순이다. 작업실 앞 정원의 엄나무는 잎이 채 다 피기 전에 따주어야 더 맛있다. 산에서 땅두릅과 민두릅도 따서 살짝 데

처내고, 초고추장과 각종 양념을 더한 된장을 한쪽에 놓는다.

5. 곰취! 그냥 취는 산에 흔히 볼 수 있지만 곰취는 한 번도 본 적이 없다. 벚나무 아래 그늘진 곳에 곰취밭을 만들었다. 정말 곰 발바닥처럼 크고 빤짝빤짝한 잎사귀는 이뻐서 먹기 아까울 정도다. 너무 이뻐서 심은 지 3~4년 만에 올해 처음으로 수확을 시작했을 정도니…… 이 곰취쌈 맛은 상상에 맡긴다.

6. 파김치는 길이가 짤막한 게 맛있다고 한다. 여기에 다 아는 갖은양념을 한다. 까나리액젓과 멸치액젓을 같이 넣기! 비법 아닌 비법이랄까.

2019년 5월 22일

○ 잡곡밥   ○ 된장찌개   ○ 머위쌈   ○ 머위대나물

○ 고비/호박나물   ○ 루꼴라 샐러드

○ 상추걸절이   ○ 오이소박이   ○ 고추김치

---

1. 된장찌개는 계절에 따라 달래를 넣기도 하고 냉이 혹은 부추를 넣고 끓이는데 내 입맛에는 달래가 제일 맛있다.

2. 개울가로 줄지어 올라오는 머위는 어릴 땐 잎을 데쳐 먹고 잎이 억세지면 줄기를 들깻가루에 볶아서 먹으면 아주 별미다. 머위

의 쌉싸름함과 들깨의 고소함이 아주 잘 어울린다.

3. 산에서 따온 고비도 말려서 몇 번을 물에 쓴맛을 우려낸 후 들기름에 볶으면 된다.

4. 밭에 심은 각종 상추와 루꼴라가 어느새 자라서 잎을 솎아 먹을 수 있을 만큼 풍성하다. 솎아낸 신선한 어린 루꼴라는 발사믹소스만 뿌려도 훌륭한 샐러드가 된다. 어린 상추에 간장, 고춧가루, 식초, 매실청, 그리고 들기름 살짝 두르면 끝이다.

5. 텃밭에서는 아직 어린 아삭이 고추를 수확해서 오이소박이 만들 때처럼 십자로 갈라 부추, 당근, 양파 채 썰고 멸치액젓 더해 속을 넣어주면 아주 아삭아삭한 식감이 가히 충격적이다. 다만, 만들어서 바로 먹어야 그 아삭함을 느낄 수 있다는 점이 아쉽다.

○ 잡곡밥   ○ 돼지고기 야채볶음   ○ 상추쌈   ○ 배추전

○ 토마토 오이 샐러드   ○ 콩잎 등 각종 장아찌   ○ 김치

5월 중순이면 식탁은 텃밭에서 가꾼 야채들로 풍성해진다. 막 따온 각종 상추만으로 밥 한 그릇 뚝딱 먹을 수 있는 계절이다. 된장에 아몬드 같은 견과류를 잘게 썰어넣고 볶은 콩가루와 귀리가루, 파, 마늘에 매실청까지 넣고 잘 섞으면 아주 맛있는 쌈장이 나온다. 맨밥에 쌈도 좋고, 돼지고기 매콤하게 양념해서 쌈을 싸먹어도 좋다. 지난겨울 김장하고 남은 배추를 신문지에 잘 싸서 보관해두었다가 하나씩 꺼내어 전도 부치고, 더러 그냥 먹어도 아주 달고 식감도 아삭아삭 살아 있다. 텃밭의 가치가 빛을 내는 이 계절에 아주 딱인 초간단 샐러드. 갓 수확한 오이와 토마토를 같은 크기로 썰고 소금, 후추, 올리브유만 뿌리면 끝이다. 별것 아닌데 아주 괜찮은 메뉴인 듯. 생모차렐라와 바질 잎까지 추가해주면 더이상 말할 필요가 없다. 이맘때는 굳이 다른 먹거리가 없어도 신선하고 풍성한 푸성귀로 식탁은 풍요롭다.

사실 뭐 하나 특별한 것 없는 식탁이다.

다만 신선한 식재료가 다했다고 본다. 간편하게 집 근처 가게에

서 사올 수 없고 산으로 들로 돌아다녀야 구할 수 있는 식재료이기에 그 수고로움도 맛을 더했을까? 그리고 고백하건대 또하나의 막강한 비법이 있다. 그건 다름 아닌 바로 앞집 사시는 장금이(?) 한 분! 한 4년 전쯤 이사를 오신 김명자 선생은 그야말로 손끝이 매운 양반이다. 종종 손 야문 앞집 선생님의 협찬(?)을 받곤 한다. 김치에서 떡볶이까지 정말 끝내준다. 고추김치와 초여름 참외장아찌는 그분의 레시피다. 옆에서 지켜본 결과 김쌤은 역시 재료를 아주 신중히 선택하신다. 달랑 무 하나라도 당신 눈에 차지 않으면 사지도 않는다. 재료 선택에 대충이란 없다. 항상 최상의 식재료를 중요시하신다는 점. 좋은 음식이란 좋은 재료에서 나오는 법인가보다. 오늘도 그녀의 손맛에 살짝 기대어본다.

● 라면 두 상자의 보은

봄 가마 소성이 끝나고 5월이 되면 그때부턴 바깥일이 기다린다.
벌써 올라오기 시작하는 풀들과의 전쟁이 재개된다. 지금은 그래
도 어느 정도 틀이 잡혀서 풀 관리가 그리 어렵진 않다. 그러나 정
원 조성 초기에는 풀이 화초보다 더 많아 제때 뽑지 않고 시기를 놓
치면 정원은 나보다 더 큰 풀이 그득한 풀밭으로 변했다. 이 지경이
되면 나도 더이상은 손댈 엄두가 나지 않아 쳐다만 볼 뿐……

15년도 더 전, 햇살이 제법 따사롭던 어느 늦은 봄날, 그날도 내
키를 훌쩍 넘어 자라버린 풀밭인지 꽃밭인지를 바라보며 낫으로 베
어야 하나 어찌해야 하나 고민하며 정원을 아니 풀밭을 어기적거리
는데 대문 쪽에서 웬 아주머니가, 필시 밭에서 일하다 말고 온 듯한

차림새로, 나를 향해 바삐 걸어오고 계셨다. 시골에선 보기 드물게 키가 크고 흰 얼굴에 아주 날렵하고 다부진 체격이었다.

대뜸 날 "사장님"이라 불러 세우시고는 "바로 요짝 밭에 일하러 왔는디 물을 안 갖고 와서 목이 말라 죽을 판이네" 하시며 "물 좀 줄 수 있슈?" 하셨다.

이곳은 행정구역상 경기도임에도 불구하고 동네 분들은 대부분 충청도 억양이 강하다. 충청북도와 바로 붙어 있어 그럴 것이다. 얼른 뛰어가 물을 한 통 전해드렸다. 아주머니는 한참 물을 드시더니 우리 풀밭(?)을 힐끔 쳐다보시고선 말을 건네셨다.

"이 좋은 밭을 요로큼 만들어놓고 우짠 일이여. 어서 풀을 매야지 왜 이렇게 둔디야" 하시며 이 땅 전 주인이 누구며 내가 사기 전 고추밭이던 이 밭에서 몇 해 전까지 고추를 몇 근이나 했는지 등등 풀 정원으로 변해버린 남새밭을 진심으로 안타까워하셨다. 이때다 싶었다.

"아주머니, 그럼 저랑 같이 풀 좀 매실래요?" 했다.

아주머니는 마침 기다리기라도 한 듯이 좋다 하셨고 지금 당신네 밭일이 끝나는 대로 바로 오겠다 하시며 단걸음에 아래 밭으로 내려가셨다. 그이가 바로 지연이 할머니로 불리는 윤영분 아주머니로, 그후부터 지금까지 풀과의 전쟁에서 든든하고 유일무이한 나의 지원군이다.

며칠 지나지 않아 지연이 할머니가 오셨다. 할머니는 정말 태산처럼 자란 풀을 거침없이 헤치고 들어가서 베고 끌고 나오셨다. 반나절이 좀 지나자 반듯한 정원이 모습을 드러냈다. 정말 혼자서는 할 수 없는 일이었는데 이때부터 지연이 할머니와 대부분의 정원 일과 밭일을 함께했다. 지연이 할머니의 도움이 없었다면 지금 같은 정원을 갖기까지 정말 더 오랜 시간이 필요했을 것이다.

하지만 웃지 못할 일도 있었다. 꽃보다 풀이 더 많던 초창기, 지연이 할머니는 풀 매는 일이라면 최고의 일꾼이었지만 꽃에는 문외한이셨기 때문에 점점 꽃이 많아지면서 풀과 꽃을 구별하기가 쉽지 않으셨다. 곡식은 어린잎도 구분하시지만 내가 지난가을에 뿌린 씨앗이 발아해 이른 봄 올라온 꽃잎은 기실, 나도 구별하기가 쉽지만은 않은 터. 그이는 오죽하랴 싶다. 그래서 궁리 끝에 그이가 풀을 맬 수 있는 곳과 없는 곳을 나눠서 일했다. 예를 들면 누가 봐도 꽃밭이라고 구별이 되는 곳은 지연이 할머니가 매고 그렇지 않은 곳은 내가 매기로. 하나 숨도 안 쉬고 일하는 그이인지라 속도가 붙으면 경계를 넘어버리는 일이 비일비재했다. 그이의 호미가 이미 내 콩알만한 꽃 새싹 위에 마구 내리꽂혀 어린 꽃잎으로 연녹색을 이루던 곳이 민둥산 모양 흙바닥만 남겨지길 여러 번! 그때마다 달려가봐야 이미 수습 불가. 때론 파헤쳐놓은(지연이 할머니 추정) 풀더미를 뒤져서 꽃줄기를 찾아내 다시 심기도 해봤지만…… 다 커서

꽃을 피우기 전엔 꽃과 풀을 구별하기가 어렵다는 걸 알지만 이런 일을 당할 때마다 원망과 자책으로 가슴앓이를 해야 했다. 꽃을 심고 씨를 뿌린 이만이, 꽃과 풀이 뒤섞여 피어나는 정원에서 무엇을 뽑고 무엇을 둘지 구별할 수 있다. 그래서 진정한 정원 애호가는 정원 일을 오롯이 주인네의 일이요 몫이라 여긴다던가. 하지만 1300평을 혼자 관리할 수 없기에 결국 아쉬운 쪽은 나인 것을!

지연이 할머니는 일에 인이 박여서인지 주저함 없이 정말 무섭게 일하신다. 한번 일을 시작하면 좀처럼 쉬거나 허리를 펴는 법이 없고 또 얼마나 속도가 빠른지! 흔히들 점심 후나, 오전·오후 참을 먹고 나면 나무 그늘을 찾아 눕기가 일쑤인데 그런 법이 없다. 가끔 힘들 땐 잠깐 누우셨다가도 채 5분이 지나지 않아 털고 일어나기 바쁜 이였다. 옛 어르신들의 근면함 성실함이 몸에 밴 분이시다. 일찍 영감님을 먼저 보내시고 혼자 힘으로 자제분들을 건사해낸 힘도 여기에 있을 터. 이런 극성(?) 일꾼 덕에 일은 빨리 진척을 보기도 하지만 한 가지 어려움은 같이 일하는 나 역시 쉴 틈이 없다는 것이다. 허리를 좀 펼라치면 저기서 재촉하는 그이의 목소리가 나를 일으켰다.

"아니, 그래가지고 언제 다 할겨, 사장님! 해 떨어지기 전에 빨리 빨리 혀야지." 내가 제일 듣기 싫어하는 사장님이란 호칭을 외치며 손과 눈은 풀 매는 곳에 두셨다. 허리가 아프다는 나의 어리광은 먹힐 리 없다. 유일하게 쉴 수 있는 게 점심 때였다. 그래서 작업실에서 먹기보단 차를 끌고 나가 사 먹기를 청했다.

그날도 일하다 점심을 먹으러 가던 길이었다. 작업실 근처 저수지를 막 돌아가고 있는데 옆자리에 앉은 지연이 할머니의 깊은 한숨 소리가 들렸다.

"살아서는 이 저수지를 지나가지 않으려 했는데 또 이렇게 오네" 하시며 저수지를 내려다보셨다. 슬하에 1남 3녀를 두신 걸로 알았는데 아들 하나를 어려서 그 저수지에서 잃으셨다 했다. 한여름 어린 막내아들은 동네 친구와 학교에서 돌아오는 길, 더위를 피해 저수지에 들어갔다가 다시는 돌아오지 못했다고…… 금쪽같은 아들을 보내고 며칠 뒤, 면에서 위로품으로 라면 두 박스를 보내왔다고 한다. 지금 같으면 말도 안 되는 얘기지만, 40년 전 우리네 형편, 특히 이런 오지의 살림살이에 라면 두 박스는 어쩌면 귀하디귀한 식량거리였을 듯. 그러나 지연이 할머니는 당신 아들 목숨값 같은 그 라면 두 박스를 먹지 못했다고 한다. 그 대신 라면을 판 돈으로 농협에 저금을 하셨는데 그 돈이 이자가 붙고 붙어서 삼백여만 원이 되었다고…… "내가 죽으면 그걸로 수의를 하려고 안 쓰고 두었지. 그럼 막내가 내 수의를 해주는 격이 될 거 아녀!" 하셨다. 그이의 이런 지혜로움과 삶의 깊이에 한참 멍했던 것을 생생히 기억한다.

곧 팔순을 바라보는 나이에도 여전히 일을 손에서 내려놓는 법이 없는 지연이 할머니! 이제 살림살이도 넉넉하시고 자녀분도 다 대성하셨으니 가끔 좀 쉬시라 해도 여전히 한결같이 이리저리 일거리를 찾아다니신다. 일만 하시다 가면 너무 인생이 억울하지 않으냐는 물음에 호통을 치시며 "죽으면 썩어 없어질 몸 아껴서 뭐혀" 하신다. 만사에 아낌없이 베푸시고 남 일 당신 일 구별 없이 한결같이 열과 성을 다하는 분.

내가 아는 어떤 위대한 인물 못지않은 그분의 삶의 자세와 방식을 존경하고 또 존중해드리고 싶다.

다만, 굽어버린 허리 생각해서라도 좀 쉬엄쉬엄하셨으면. 그리고 막내아들이 해주는 수의는 부디 이따이따 입으시길 바라본다.

● 작가는 모름지기
풍요로워야 한다

지난밤부터 내리기 시작한 비가 한낮이 되도록 그칠 줄을 모른다. 봄비치곤 비바람이 매섭다. 지난주부터 피어오른 작약이며 아이리스를 걱정하느라 작업에 몰두하기가 힘들다. 이제 피기 시작한 여린 꽃대들이 이 난관을 어찌 버틸지…… 마음 같아서는 우산 들고 나가 붙들고 서 있고 싶다. 작약의 연분홍 꽃망울이 이번 시련을 견디고 더 멋지게 피어오를 수도 있을까? 어쩜, 비 그친 후, 색은 더 선명해지고 꽃망울은 더 커질 수도. 나도 시련 앞에 더 강하고 명료해질 수 있을까? 통제하기 힘든 현실의 벽을, 좀더 자유롭고 명쾌하게 마주할 수 있다면 좋을 텐데 말이다.

  작가로 살면서 부딪히는 가장 큰 난관은 작품에 대한 비평도, 힘

든 작업 과정도 아니고 바로 작품 판매다. 오랜 고민과 수고 끝에 만든 작품은 지극히 개인적인 작업자의 창의물이지만 자신의 만족은 물론 타인의 공감도 이끌어낼 정도의 흡인력을 갖춰야 한다고 본다. 물론 작가가 자신의 작품에 만족하는 일도 중요하지만 타인의 평가도 긍정적이어서 판매로까지 이어질 때 작업에 대한 긍지랄까 보람 같은 게 생기고 이것이 또다른 좋은 작품을 만들 수 있는 원동력이 되기도 한다.

작업실 아래 갤러리에 내가 아주 아끼는 화기가 하나 있다. 초기에 만든 작품으로, 꽃봉오리를 형상화한 자그마한 무지 작품(무시유 작품을 말한다. 인공적 유약을 일절 바르지 않고 장작 가마 소성에서 발생하는 재나 그을음이 적재되어서만 색이 만들어진다)인데 이 작품 가격을 물어보는 이들이 가끔 있다. 그때마다 답 대신 "그 작품은 제가 그냥 소장하고 싶어서 내지 않고 있다"고 너스레를 떨곤 한다. 그게 사실이기도 하고 나보다 이 작품을 더 좋아하는 분이 나타나면 그때 내놓을 생각이라고 둘러댄다. 아끼는 마음에 가격이란 걸 붙이기가 몹시 힘들어서다. 사실, 작품이 한 점 무생물에 불과하지만 거의 반년 동안 이고 지고 옆에 끼고 있다보면 나와 분리하기 힘든 애착물이 되기 일쑤다. 그런 대상에 숫자를 매기기는 정말 쉽지 않고 이런 감정적 개입이 심해지면 심해질수록 판매는 어려워진다.

그래도 어떻게 보면 말도 안 되는(?) 숫자가 붙어 있는 작품들을

두말없이 업어가시는 컬렉터분들이 몇 분 계시다는 게 얼마나 다행스럽고 감사한 일인지…… 작품을 좋아하는 것은 물론 작가에게 우정을 갖고 있다고 해야 하나, 이런 면면이 다 녹아들어서 판매로 이어지는 것 같다.

지인들의 소개로 작업실을 처음 방문한 이들에게 적잖게 듣는 소리가 있다. 갤러리와 작업실 이곳저곳을 돌아보고, 조촐하지만 내나름 정성껏 마련한 점심 드시고 차 한잔하고 일어나는 자리에서 그러신다. "작업실이 무지 크고 멋지네요, 지선생님은 굳이 아쉽지 않으시죠?" 풀어서 말하면, 겉보기에 경제적으로 그리 힘들어 보이지 않으니 굳이 작품 안 팔아도 되시죠? 비닐하우스에서 연탄난로 때면서 개량 한복 뻗쳐 입고 어렵게 작업하면 도와주는 셈치고 작품 좀 살까 했는데 안 그런 듯하니 안 사도 될 것 같다는……

사실 어려운 환경 속에서 도자기 작업을 하는 분도 많다. 그런 분들에 비하면 난 정말 훌륭한 여건 속에서 작업하고 있다는 걸 부인하진 않는다. 다만 작업의 진정성이 작가의 절박함에서 나온다거나 작품성이 궁핍 속에서 더 빛난다는 생각에는 동의하기 어렵다. 오히려 경제적으로 여타 관여와 방해에서 자유로울수록 더 멋진 작품을 만들 수 있다고 본다. 밖에서 요구하는 것에 동요하지 않을 수 있기 때문이다. 잘 팔릴 만한 작품을 하기보단 온전히 자기 것을 만들어내는 힘을 가지려면 물리적이든 심리적이든 안정적 기반이 절대적으로 필요하다. 자기 것을 할 수 있는 여유에서 예술, 창의적 작업이 나오는 법이다.

나 또한 내가 하고 싶은 작업을 하기 위해 소위 생활 도자기를 만든다. 소품 판매가 드물게는 오브제, 작품의 판매로 이어지기도 하고 생활도 가능케 하기에…… 나 역시 경제적으로 온전히 자유로울 수 없는 처지이기에 최대한 검소하게 단순하게 살고자 한다.

이런 생각들로 마음이 무겁고 먹먹할 때면 밖으로 나가 하염없이 잡다한 일거리를 찾는다. 그러나 오늘처럼 날이 궂으면 기다리는 것 말고 다른 방도가 없다.

올봄은 루꼴라뿐 아니라 바질도 씨를 뿌려 파스타에 생바질을 추가해볼 작정이다. 갤러리 앞, 히아신스가 너무 다닥다닥 붙어 있으니 분도 해주어야겠네. 정신없이 움직이다보면 어느새 해가 넘어가고 지친 몸으로 작업실로 들어가 손 하나 까닥하기 싫어져 다 잊은 채 잠을 청할 수 있을 터.

그래도 작가는 풍요로워야 한다. 배부르고 자기 것을 하고 싶어야 진정한 작업물이 나오는 것 아닐까?

여
름

● 양귀비, 양귀비, 양귀비!

여름이 다가오면 바야흐로 정원은 꽃 폭탄이라도 맞은 듯하다. 이때부턴 지요의 정원관리인으로 변신, 해가 뜨면 밖으로 나가고 해가 지면 허리를 부여잡고 어그적어그적 기듯이 걸어들어온다. 비한번 오면 풀들이 쑥쑥 자라나는 통에 허리 펼 시간 없이 정원에 쭈그리고 풀을 매느라 아이고 아이고 소리가 저절로 나온다. 그래도 이런 노고로 정원은 에너지를 받아 한결 편안한 마음으로 숨 쉴 여유를 주는 곳이 된다. 비록, 얼마 안 가서 또 풀을 매주어야 하고 주인네만 그 차이를 안다고 해도 말이다.

이렇게 애를 써도 꽃들은 토양과 환경에 알맞은 품종만 살아남고 한두 해 만에 사라져버리기 일쑤다. 유럽에서 건너온 디기탈리스나

델피니움 같은 꽃들이 그렇다. 꽃양귀비의 경우, 원산지는 유럽이지만 우리나라 어디에서나 흔히 볼 수 있다. 캘리포니아 양귀비나 히말라야 양귀비처럼 발아가 잘 안 되는 품종도 아직 많지만 그래도 이 모르핀 성분이 없는 꽃양귀비는 비교적 우리 토양에서 잘 자라는 듯한데, 어쩐 일인지 우리 정원에선 몇 년을 계속 실패하다가 최근에야 대량 번식이 가능해져 얼마나 애지중지하는지 모른다. 양귀비는 원래 미인초라고 불린다는데 꽃대가 가늘고 꽃잎도 여리여리해서 정말 가냘픈 여인네를 보는 듯한 애처로움이 있다. 그 처연함에 끌린 걸까 아니면 어렵게 번식시켜서일까. 대부분 붉은색이고 붉은색을 그닥 좋아하지 않음에도 풀 뽑다 실수로 양귀비 하나라도 뽑으면 아까워서 어쩔 줄을 몰라 한다.

5월에 작약과 함께 정원을 가득 채웠던 꽃양귀비도 지루한 6월 장마가 시작되면 꽃은 이미 다 떨어지고 꽃 하나하나가 수백 개의 씨로 가득한 씨방이 된다. 씨방이 어느 정도 여물면 하나하나 받아 모아 날 좋은 때 잘 말렸다가 고이 보관해 10월쯤 하얀 데이지와 어우러져 피도록 그 사이사이에 뿌려준다. 씨는 겨울이 오기 전에 발아해 추워지기 전에 싹이 땅 밖으로 머리를 내민다. 환경이 잘 맞는 곳에서는 제법 뿌리를 내리고 손가락 한 마디 정도 혹은 그 이상 자란 채 겨울을 맞는다. 그 위에 눈이 내려 이불처럼 덮이고 낙엽이 떨어져 포근하게 겨울 찬바람을 막아주면 그대로 봄을 맞고 자라서 다시 꽃을 피우는 윤회의 고리에 들어간다. 꽃 하나 피우는 것도 그저 되는 게 없다. 하기야 무엇인들, 이 정도 정성 없이 제대로 되는 게 있겠는가!

이숙자 이사님과 민봉기 박사님 내외분은 이런저런 인연으로 작업실 열던 초기부터 가깝게 지내온 작업실의 창업 공신(?)이다. 아직까지도 항상 우정을 갖고 지켜봐주시는 나의 든든한 백과도 같은 분들이다. 작업실 이름으로 쓰는 '지요'도 그분들의 외동딸 하연이의 작품이다. 하연은 당시 '고구마 한 상자'라는 어마어마한 부상을 내건 작업실 이름 공모에서 당당히 입상했다. 내외분들은 이후로도 지요와 늘 함께해오셨기에 나만큼 작업실을 잘 알고 계신다. 이사님은 작업실에 오시면 그녀의 정갈한 성품대로 주로 작업실 내부에서 책을 읽거나 정원을 산책하며 지요를 즐기신다. 민박사님은 좀 더 적극적인 참여를 좋아하시는 편이다. 도끼질은 물론 더러 궂은 일도 마다치 않고 도와주신다. 혹시 몰라 작업복도 항상 챙겨오신다 하니⋯⋯

몇 해 전, 여름의 문턱에 들어간 날이었다. 모처럼 내려오신 두 분, 내 게으름 탓에 어느새 훌쩍 자라 있는 풀을 보신 민박사님은 풀을 좀 뽑겠노라고 장갑을 찾으신다. 순간 주저하는 날 보셨는지, 어떤 풀을 뽑으면 되는지 잘 일러달라고 그것만 뽑겠다 하신다. 원칙적으로 풀 뽑기는 내 일이라고 항상 생각해온 터였다. 남에게 맡겨 생길 수 있는 폐해를 알기에.

　잠시 망설이다가 민박사님이 그간 보여주신 내공도 있고 무엇보다 S대 농대라는 출신 성분에 살짝 무게가 더해져 박사님께 풀 뽑기를 맡기기로 했다. 농대 출신이시니 괜찮지 않을까? 그래도 안전장치가 필요했던 나는, "박사님, 다른 건 그냥 두고 망초대만 뽑아주세요. 망초대는 아시죠?" 정원 한 곁에서 망초대를 뽑아 흔들며 말했다. "그럼요, 망초대는 알죠" 하신다.

　그래도 혹시 몰라 개울 건너편, 밤나무 아래쪽, 별다른 꽃이 없는 곳을 정해드리곤 이쪽만 풀을 뽑아달라고 부탁드렸다. 그리고 작업실로 들어와 밀린 집안일을 했다. 한참을 지나 창문을 통해 내려다보니 정해진 구역에서 열심히 작업하시는 민박사님 모습이 눈에 들어왔고, 이에 안도하는 나를 발견하며 살짝 무안해진다. 얼마 후, 한낮 해에 빨갛게 얼굴이 익은 민박사님이 들어오시며 "아후, 제법 날이 덥네요. 찬물 좀 있을까요?" 하시더니, "생각보다 풀이 잘 안 뽑히네요, 뿌리가 제법 자리를 잡았나봐요" 하신다.

　괜히 죄송한 마음에 올라가시기 전에 그늘에서 좀 쉬셨다 가시라고 말씀드렸다. 이제 작업실 옆 감나무 그늘 아래 선베드가 열일할 차례다 싶었다.

　그렇게 얼마 후 두 분은 서울로 돌아가시고 해가 다 떨어질 때쯤 풀을 좀 뽑을 생각으로 정원으로 내려갔다. 아까 민박사님이 뽑아

놓으신 망초대 더미도 치우고 개울을 건너 작업실 쪽으로 올라왔
는데 이런, 양귀비 군락이 휑하니 비어 있고 그 바닥에 뿌리째 뽑혀
누워 있는 양귀비를 발견했다. 아아, 싹이 올라오기 시작하는 3월부
터 지금까지 거의 매일 들여다보며 물을 주고 거름을 붓고 혹여 고
라니가 이 어린 싹을 먹지 않을까 마음 졸이며 지켜보고 있던 그 양
귀비들이! 오른쪽 언덕을 따라 쭉 피어올라온 양귀비는 아침까지만
해도 꽃대가 다 올라와 있었다. 순간 아찔했다. 소용없는 짓인 줄
알면서 뽑힌 줄기를 빈자리에 다시 심어도 봤지만 아무리 생각해도
도리가 없는 일이었다. 실망을 했다 위로를 했다 나 자신을 달래려
애써보았으나 소용이 없었다. 하나 어찌하겠는가 이미 다 의미가
없는 것을. 민박사님의 선의를 알기에⋯⋯

이렇게 마음 둘 곳을 모르고 오르락내리락하다가 댁에 잘 도착하
셨는지 안부를 여쭙는단 핑계로 전화를 걸어서는 대뜸 내뱉듯이 말
한다.

"이사님, 제가 송사가 생길 것 같은데, 잘 아시는 좋은 변호사 한
분 소개해주세요" 했더니 "저런, 선생님, 무슨 일이세요?" 걱정스런
목소리로 물으신다.

"글쎄, 오늘 민박사님께서 봄 내내 제가 신줏단지 모시듯 가꿔왔
던 양비귀 군락을 깡그리 갈아엎으셨어요" 했다. 물론 웃으면서 말
하긴 했지만, 이사님께선 상황의 심각성(?)을 알아채시곤 어쩔 줄

몰라 하셨다. 옆에서 당황하신 민박사님의 음성도 들려왔다. "그럴 리가 없는데?" 이내 이사님께서 날 위로해주시며 미안하다며 양귀비 모종이라도 사서 보내든지 해야겠다고…… 그때는 이미 모종도 다 끝나서 시중에 없을 거라 말하곤 이런저런 하소연을 하고 서로 미안하다는 말로 전화를 끊었다.

내 두서없는 하소연에 얼마나 난감하셨으면 전화 통화 후 이사님 은 거금의 양귀비값을 보내오셨다. 그제야 비로소 정신이 바짝 들었다. 마음 수행이 덜 된 내 행동으로 두 분이 걱정하셨을 것을 생각하니 미안한 마음이 더 커졌다. 물론 다음날 바로 돌려드리긴 했지만…… 후에 들으니, 박사님은 식물도감까지 꺼내놓고 양귀비와 망초대가 비슷하지 않느냐며 하소연하셨다 한다.

지금 생각해도 참 철없는 짓을 했구나 싶다. 그래도 넓은 아량으로 내 성정을 보듬어주었던 이사님과 민박사님께 감사한다. 그도 그럴 것이 올해 꽃양귀비는 풍년을 이루어 원도 한도 없이 여기저기 군락을 이루어 피고 진다. 그런데 양귀비가 너무 무성하고 공격적으로 크다보니(필시 과한 퇴비 탓일 듯) 갤러리 앞 보랏빛 아이리스 군락도 분홍색 작약도 치여서 제대로 피지를 못한다. 이젠 양귀비를 뽑아낼 생각을 하다니, 사람이 하는 일 그 앞날을 알 수 없다. 절대 진리는 절대 없다. 지금 좋은 게 내일도 좋다는 법이 없다. 이 사태를 알았다면 그 수선은 안 부렸을 터인데……

그래도 내 양귀비 부심은 긍정적 엔딩을 맞는다.

양귀비 꽃잎을 형상화하여 크게는 지름이 80센티미터가 되는 작품도 만들었고 작은 것은 손바닥만한 꽃잎도 만들었으니 1230도의 불길 속에서 피어난 이 양귀비는 뽑혀나갈 걱정 없이 영원히 내 작업실 한편에 있을 것이다. 흔들림도 없이.

오이 텃밭 가꾸기

이곳은 산간 내륙지방에 속하기에 각종 채소나 허브 씨앗 파종, 고추 같은 모종 심기는 해마다 4월 중순 이후에나 가능한 걸 안다. 알면서도 마음은 벌써 텃밭에 무엇을 어떻게 심을지, 고라니의 습격으로부터 고추 모종을 어떻게 지켜낼지 등등 여러 궁리로 바빠진다. 날이 좀 풀리고 아침저녁 따뜻한 온기가 느껴지면 동네 종묘사를 들락거리며 언제쯤 모종을 심어야 냉해 없이 살아남을 수 있을지 묻곤 하는데 그때마다 돌아오는 대답은 "아직"이란다. 괜히 서운해진다. 올해는 유난히 따뜻해서 좀 빨리 심어도 괜찮지 않을까 했지만 역시 양력으로 5월 5일은 돼야 괜찮다는 동네 어른들 말씀!

마침내 5월이 돼서야 텃밭을 일구기 시작했다.

내 계획은 이러했다.

맨 아래쪽 고랑에는 키 낮은 쌈 야채 씨앗을 뿌린다. 각종 로메인을 비롯해 루꼴라와 바질 씨를 뿌리면 4~5일 후에는 싹이 나고 열흘쯤 지나면 여린 잎을 솎아서 먹을 수 있다. 벌써 신선한 루꼴라 샐러드 생각에…… 그다음 고랑에는 가지랑 아삭이 고추 모종을 심고 그다음엔 대추 토마토와 올해 처음 등장한 체리 토마토를 심는다. 그리고 마지막 줄엔 대나무를 잘라서 지지대를 먼저 만들고 그 옆에 대망의 오이 모종을 심는다.

해마다 텃밭을 갈고 지지대를 박고 또 빼고 고라니를 피해 울타리를 쳐주는 등 번거로움이 반복됨에도 이를 마다하지 않는 것은 건강한 먹거리에 대한 간절함 때문이기도 하지만 이 산중에서 텃밭을 만들고 직접 기르고 거두는 재미를 놓치면 안 될 듯해서다. 타인에게 의존함 없이 독립해 자급자족하는 삶. 비록 완벽하진 않더라도 그런 삶이 주는 뿌듯한 성취감은 가끔 피어오르는 막연한 상실감을 채우기에 충분하다.

더운 여름날 오후, 이미 더위와 작업으로 체력도 떨어지고 입맛도 변변치 않을 때, 소위 말하는 혼밥의 정석은 이러하다. 그동안의 바깥일로 여기저기 해진 밀짚모자를 눌러쓰고 작업실 옆 텃밭으로 나간다. 먼저 아삭이 고추를 한 움큼 따고 그 뒤편 오이대에 달려 있는 손바닥만한 어린 오이도 몇 개 따서 들어온다. 차가운 지하수에 설렁설렁 고추와 오이를 씻는 동안 이미 이마의 땀은 식어간다. 막 딴 고추, 오이를 큼직한 볼에 가득 담고 작고 둥근 앞접시에 갖은양념을 해 만들어놓은 막장을 덜고 넉넉한 사발에 밥을 담아 찬 지하수를 넣고 말아준다. 감나무 아래 식탁에서 찬물밥 한 술에 부드럽고도 아삭아삭한 오이를 막장에 푹 찍어 한입 하면 한여름 더위는 벌써 저리 가고 꿀맛 혼밥에 정신이 혼미해질 지경이다. 찬물밥에 오이 하나 고추 하나로 뭐 그리 호들갑이냐 하지만 경험해보지 않고서는 모르는 일이다.

직접 기르고 밭에서 바로 갖고 온 채소의 풍미는 그 무엇에 비교해도 뒤지지 않는다. 거의 24년 전쯤 일이다. 막 도제 생활을 시작해 도자기를 배울 때였다. 선생님께서는 농사도 크게 짓고 계셨던 터라 도자기를 배우는 틈틈이 농사일도 거들곤 했다. 5월이 다 지나가는 어느 날이었다. 선생님 작업실에서 물레를 열심히 돌리는데 어디선가 아주 신선한 오이 향이 코끝에 다가왔다. 작업실에 오이가 있을 턱이 없고 오이밭도 100미터 이상 떨어져 있는 터라 이상하다 생각하고 있는데 저멀리 오이밭 쪽에서 선생님이 오이를 베어드시며 걸어오시는 모습을 보았다. 모름지기 밭에서 막 딴 신선한 오이는 이렇게 멀리까지 향이 전해지는 법이구나 했다. 흔히 아파트 근처 슈퍼에서 산 오이가 넘볼 수 없는 영역이었다. 그때 결심했다. 다른 건 몰라도 나중에 작업실을 짓고 텃밭을 가꾸면 오이는 꼭 심어야겠다고⋯⋯!

그 결심이 오늘에 이른 것이다. 해마다 오이 모종을 심으면서 누군가 이 오이로 인해 내가 느꼈던 그런 새로운 경험을 하게 되기를 기대해본다.

이런 내 오이 부심은 이제 정말 손바닥만한 텃밭에서도 수그러들질 않는다. 올해도 이쁜 오이 지지대를 만들어줄 터이니 내게 이쁜 오이 많이, 아니 하루에 한두 개만이라도 달려주었으면 하고⋯⋯

● 문득 고요한 한낮

풀 작업으로 온몸이 땀과 흙으로 범벅이 되어 작업실로 들어오면 손끝 하나 움직일 수 없을 듯한 피곤과 무기력이 몰려온다. 6월 정원은 그야말로 풀과의 전쟁이 점점 치열해져서 초여름 강렬한 햇빛에 잠깐도 서 있기가 힘들어지는 시기가 시작된다. 한낮을 피해 아침과 늦은 오후에 작업을 해도 흐르는 땀은 어쩔 수가 없다. 특히, 잔디 깎기와 정원 바깥 부분의 예초기 작업은 점점 내게 버거운 작업이 되어버린 지 오래다. 한때는 그래도 따로 잔디 깎는 기계 없이 예초기만으로 잔디를 다 깎기도 했는데 말이다. 예초기를 처음 쓰기 시작했을 때, 예초기를 제어하기가 힘들어서 한 번에 다 깎지 못하고 2~3일에 걸쳐 나누어 진행했다. 예초기를 돌리고 들어온 날

밤, 자리에 누우면 마치 온몸에 진동이 오는 것처럼 한참을 흔들렸던 기억이 있다. 그렇게 몇 번 반복하다보니 어느새 예초기의 회전력을 온 힘으로 제어할 수 있게 돼 한나절이면 잔디를 다 깎을 수 있었다. 예초기는 작업실 경계 쪽의 무성한 풀을 제거하는 데도 큰 힘이 된다. 산과 접한 쪽이나 다른 땅과의 경계 부분을 깨끗이 정리할 때도 예초기를 돌리는 것보다 더 효과적인 방법은 없는 듯하다. 제초제를 쓸 수도 있겠지만 이 경우 작물도 죽이는 원치 않는 상황이 발생할 수 있기에 편치가 않다.

하지만 예초기 돌리기는 사실 매우 위험하기도 하고 힘이 드는 작업이라 꺼리는 게 사실이다. 그러다 몇 해 전 가마 재임(도자기를 굽기 위해 가마 안에 재어 넣는 일) 작업중에 허리 인대가 늘어나는 부상을 당한 후론 힘든 작업이 있을 때 자꾸 움츠러드는 나를 발견한다. 예초 작업은 물론 가마 재임도 남의 손을 빌려야만 한다. 예전같으면 아무리 힘든 일이어도 일단 달려들기가 먼저였는데 이제 일을 앞에 두고 한참을 뚫어져라 노려보게 된다. 감히 일을 헤쳐나갈 엄두가 나지 않는 것이다. 이렇게 한 해 한 해 남의 손을 빌려야 하는 일들이 안팎으로 점점 늘어나자 과연 이것이 맞나 하는 의문이 생긴다.

작업실 안팎으로 산재한 작업을 타인의 노동력에 의존하면 할수록 내가 턱으로만 일을 하게 되고 자의 반 타의 반으로 점점 각종

작업과 담을 쌓으며 회피하는 일까지 생긴다면 과연 여기에 살 만한 자격이 있을까, 하는 의문이 생긴다. 아직은 직접 관여해 작업을 진행할 수 있는 나이임에도 아픈 허리를 구실로 이렇게 저렇게 하나둘 손을 놓으면 곤란하지 않을까. 그럼에도 체력은 현저히 떨어진 상태니 완충점을 찾아야 할 단계인 것 같다.

너무 감정적으로 마음만 앞서서 작업에 매이기보다는 더 체계적이고 논리적으로 접근해야 하지 않을까. 여름에는 모든 외부 작업을 오전 11시 전에 끝내고 그다음엔 실내 작업을 하거나 좀 쉬면서 재충전할 기회를 가져야지. 그래야 번아웃되지 않을 거야. 이모저모 계획을 세운다.

존경해 마지않는 스콧 니어링은 오전에 모든 경제 생산활동을 마치고 점심 이후엔 온전히 자신을 위해 시간을 보낸다 했다. 내가 니어링처럼 실천할 수 있을지 잘 모르겠지만 일단 지침은 그렇게 정해놓고 싶다. 지나침은 부족함만 못한 법 아닌가! 여름의 시작을 알리며 다시 한번 내 마음도 재정비해보는 시간, 분주한 마음을 다잡는다.

장맛비

1999년 10월에 작업실에 입주한 이후 해마다 장마철이면 온 나라가 태풍과 집중호우 피해로 어수선했지만 그때마다 작업실이 있는 안성은 용케도 이런 물난리를 잘 피해갔다. 매년 별다른 태풍 피해를 입은 적이 없었다. 그러나 단 한 번 2006년 장마 때는 달랐다. 작업실로 이주한 후 처음 겪는 집중호우에 그야말로 밤을 하얗게 지새웠다. 아무것도 보이지 않는 캄캄한 밤, 요란한 빗소리는 낮의 그것과는 많이 달랐다. 작업실 양쪽 개울로 돌이 굴러가며 흐르는 물소리과 함께 산에서 들려오는 빗소리는 정말 엄청나서 금방이라도 산이 무너져내릴 기세였다. 할 수만 있다면 도망갔을 것이다. 하나 캄캄한 밤에 밖으로 나가는 것 자체가 위험해 온전히 비와 함께 밤을 보냈다.

해가 떠서 나와 보니 작업실 앞으로 흐르는 개울이 찰랑찰랑 넘치기 일보 직전이고 작업실 동쪽 산과 접한 개울 역시 넘치기 일보 직전이었다. 거기다 도자기 가마 뒤로 만들어놓은 토방 아궁이로 물이 들어가 아궁이 반이 물에 잠겨 있었다.

그때부터 나는 작업실을 지키겠다는 일념으로 분투했다. 흙이 무너져 터지기 일보 직전인 동쪽 개울둑에 가마 지붕에 쓰고 남은 함석을 대어 더이상 흐르는 물에 둑이 무너지지 않게 덧댔다. 또 앞쪽 개울로 뛰어가, 괭이를 들고 넘칠 것 같은 개울에 물꼬를 터주고 토방으로 뛰어가 아궁이에 찬 물을 쉴새없이 바가지로 퍼냈다. 날이 밝을 때쯤 시작해서 너댓 시간 동안 이 세 곳을 뛰어다니며 어벤저스 부럽지 않은 활약을 펼쳤다. 변한 건 별로 없고 마침내 탈진해 더는 어쩔 수 없겠구나 하며 이제 넘치면 넘쳐야지 별도리가 없겠다 싶어서 들고 있던 곡괭이와 물 퍼내던 바가지를 내려놓았다.

그러고 얼마나 지났을까?! 앞 개울은 좀전의 상태가 그대로 유지되고 있었다. 개울 위까지 불어난 물이 찰랑찰랑했지만 넘치지는 않았다. 아무래도 지대가 높다보니 넘치진 않고 흘러내려가는 모양이었다. 토방 아궁이도 마찬가지. 퍼내지도 않았지만 아궁이 절반 정도에 물이 찬 상태로 어디론가 물이 빠져나가는 모양이었다. 더이상 물이 차오르지는 않았다. 결국 아침에 그 수선을 피우며 뛰어다닌 게 다 소용없는 짓이었다. 아무리 인위적 힘을 동원해봐야 자연의 순리 앞에선 큰 의미가 없다는 사실! 물론, 평지라면 또다른 순리가 있겠지만 말이다.

그때 내린 비로, 동쪽 개울로 토사가 내려와 개울 끝에 만들어놓은 연못은 완전히 매립되어버렸다. 앞쪽 개울은 조경할 때 석축을 만들고 제법 단단히 작업해둔 반면 동쪽은 거의 자연 배수에 가깝게 해둔 터라 피해가 컸던 것이다. 그래서 비가 그치고 포클레인으로 동쪽 개울을 보강했다. 개울을 제법 깊게 더 파고 연못도 복원하기보단 매립된 채로 두고 그 위에 덱을 깔고 정자를 지었다. 그리고 앞쪽 개울은 석축한 돌과 돌 틈을 시멘트로 메워서 하나의 거대한 돌 터널처럼 만들어 거센 개울 물살에 석축한 돌들이 무너지지 않도록 보강했다.

그러나 이 호된 물난리(?)는 경제적 손실보단 어마어마한 심리적 피해를 남겼다. 그날 이후, 비 소식은 더이상 내게 멜랑콜리한 감성을 불러일으키지 않고, 오히려 애써 눌러두던 트라우마를 일깨운다. 일기예보를 체크하고 집중호우라 예보라도 뜨면 어찌할 바를 몰랐다. 처음엔 보따리를 싸 서울로 도망가기도 했고 괜시리 예민해져서 장마철만 되면 빠짝빠짝 마르는 것 같았다. 장마철이나 8월, 9월에 집중호우 예보라도 뜨는 날이면 엄청난 불안감에 밤을 하얗게 지새우기가 일쑤였다. 날이 새면 졸이던 마음을 내려놓고 잠깐

눈을 붙이곤 했다.

우습지만, 어느 해 장마는 엄마와 같이 보내기도 했다. 엄마의 존재 자체로 불안감은 좀 누그러들었지만 산속에서 우렁찬 비의 기세를 접한 뒤, 엄마는 서울 오빠 집으로 가자며 무서워하는 눈치셨다. 사실, 엄마가 계셔서 심리적으론 많이 안정되었지만 한편 만일 무슨 일이 생기면, 산사태나 뭐 그런 유사한 물난리에 엄마를 들쳐업고 뛸 자신도 없었기에 그해로 이 방법도 그만이었다. 지금 생각하면 극도의 강박감과 불안감에 심리적으로 엄청 위축되어 한때 이곳 생활을 계속 이어갈 수 있을까 하는 의구심도 생겼던 것 같다.

사실 비로 인한 피해는 여태껏 미미하지만 시간이 제법 지난 지금도 여전히 비 소식은 내게 엄청난 스트레스다. 그러나 이젠 경험을 통한 노하우가 쌓여서인지 아니면 나이가 들어서 여유가 생긴 것인지…… 예전만큼은 아닌 듯하다.

여하튼, 올해도 어김없이 장마는 들이닥칠 것이고 곧 집중호우도 있을 것이다. 피할 수 없는 이 현실에 내가 할 수 있는 유일무이한 것, 그것은 삼십육계 줄행랑치기보단 주변 물길을 한 번 더 확인하고 최대한 대비를 해두는 것뿐!

때때로 진리는 무지 단순명료하다.

감나무 연정

시골 정취를 생각할 때 가장 먼저 떠오르는 장면은 역시 세월의 때가 묻은 진회색 기와집 담장 밖으로 뻗어나온 키 큰 감나무의 모습이다.

둥글고 튼실한 이파리 사이로 당장이라도 가지가 부러질 듯 주먹만한 감을 주렁주렁 달고 구름 한 점 없는 파란 하늘을 배경 삼아 쭉 뻗어오른 감나무를 무척 좋아한다. 지금 작업실 부지를 산 결정적 요인도 마을 전체에 심긴 7~8미터가 족히 넘는 아름드리 감나무에 반해서이다.

내가 작업실 부지를 찾아 한참 돌아다니던 1998년, 장마가 막 끝날 때쯤이었다. 지인의 소개로 땅을 보러 갔는데 경기권이라고는

믿기 어려울 정도로 오지 느낌이 물씬 나는, 지방 국도에서 마을로 들어오는 길이 아직도 1차선 비포장도로로 이어진 곳이었다. 마을 초입에도 공장 건물 같은 것은 아예 그림자도 찾을 수 없고, 이제 막 익기 시작한 황금빛 벼로 물결치는 논과 각종 작물이 심어진 밭이 전부인 전형적인 조용한 오지 산골 마을이었다. 조그마한 마을을 지나 산 아래 비탈진 오르막을 올라서자 제법 넓은 고추밭이 나타났다. 그 길가 공터에 차를 던져놓고 지인이 소개한 부지를 올려다보는데, 아름드리 감나무가 제법 군데군데 서서 늦여름의 시원한 그늘을 드리웠고 넓고 도톰한 감나무 이파리가 빛을 받아 마치 보석처럼 반짝거렸다. 그 장면에 벌써 마음을 송두리째 뺏기고 말았다. 우여곡절 끝에 3일 만에 계약서에 도장을 찍었다.

1930년대에 '신대'라고 불리던 우리 마을은 땅의 경계수로 감나무를 대거 심었다 한다. 마을길은 물론, 마을 땅 경계를 따라 곳곳에 감나무를 심었던 것이다. 작업실을 짓고 첫해 겨울, 서울 볼일을 보고 급히 돌아오는 길에 마을 어귀에서 무심코 작업실 아랫마을을 올려다보니 감으로 온통 붉게 물들어 있었다. 단풍 계절은 이미 지나서 나뭇잎도 다 떨어진 지 오래지만 감나무마다 달린 감으로 온 마을이 붉었다.

더욱이 이 감나무들이 단순한 관상용만은 아니란다. 마을 할머님들 말씀에 의하면 이 큰 나무 하나에서 감을 대략 대여섯 가마니는 땄는데 이걸 이고 지고 30리 길을 걸어 근처 장에 내다파셨다 한다. 예전엔 이 감 판 돈이 요긴한 용돈으로 쓰였다 하니 보통 나무는 아니었던 셈이다. 그래서일까 감 따는 철이면 한 번씩은 누군가 감을 따다 떨어졌다는 말을 드물지 않게 듣곤 한다.

그러나 마을 어르신들도 점점 나이가 드셔서 감을 딸 수 없게 되고 감나무 또한 수령이 많아지면서 이제 감도 많이 달리지 않는다. 가지가 부러지기도 하고 죽기도 많이 죽어 해마다 감나무는 눈에 띄게 줄어들었다. 그래서인지 가을 정취가 예전만은 못해 안타까운 마음만 가득했다.

작업실 경계에 심겨 있던 많은 감나무도 세월의 흔적을 피할 순 없었다. 특히 작업실 바로 옆, 작업실보다 훨씬 큰 감나무는 수형이 참으로 아름다웠다. 그 감나무가 주는 푸근함, 풍요로움 그리고 멋스러움을 얼마나 사랑했던가. 한겨울을 제외하곤 그 나무 아래 테이블에서 셀 수 없이 많은 추억을 쌓고 누구도 부럽지 않은 행복을 뿌듯이 누렸다. 감나무가 원래 수령이 길지 않다기에 몇 해를 걸쳐 살균과 영양에 좋다는 막걸리며 설탕을 말로 부었건만, 올봄, 뿌리에서부터 뻗어나온 세 가닥 줄기 중 하나가 더이상 새잎을 피우지 못한 채 죽어갔고 또 한 가지도 상황이 좋지 않음을 한눈에 알 수 있었다. 그러다 올 장마 때 장대비가 이틀 내내 온 뒤였다. 연일 내린 비로 습기 가득한 작업실을 청소하고 있는데 어디선가 둔탁한

쿵 소리가 귀를 울렸다.

"무슨 소리지? 비도 그치고 바람도 잦아들었는데……" 하며 별생각 없이 있다가 문득, 죽은 감나무 가지 생각이 났다. 내려다보니, 작업실 2층 지붕보다 높이 뻗어 있던 죽은 가지 하나가 산 쪽으로 넘어가 있고 또 한 가지는 잔디 정원 쪽으로 넘어가 있는 것이 아닌가! 마음이 휑해지며 아무 생각이 안 났다. 우려하던 일이 일어났다. 어떻게 좀 버텨주었으면 했는데…… 너무나 마음이 아팠다. 100년을 넘기는 감나무가 드물다고는 들었지만…… 아마도 그 수명을 다 누린 것이리라 위안하며 작업실 쪽으로 넘어졌으면 피해가 컸을 텐데 고목의 혼이 자기를 아껴주던 정을 알아서 다른 쪽으로 넘어진 거겠지, 생각도 들었다. 하지만 아무리 위로를 해도 편치 않은 마음을 달래기에는 부족했다. 이 감나무는 작업실의 출발부터 함께였기에 내겐 특별했다.

20년 전 바로 이 감나무 아래서 커피를 들고 마시며 어떻게 작업실을 지을지 구상했고 이 나무가 작업실의 중요한 부분이 되리라 생각했다. 지금껏 작업실을 방문한 이들에겐 큰 위안의 장소였고 나에게 큰 자부였다. 몇 달이 지나도록 죽은 가지들을 치우지 못하는 걸 보면 그런 것 같다. 눈이 오기 전에, 전기톱과 도끼로 잘 자르고 패면 요긴한 겨울 땔감으로 마지막 소명을 다할 것이다. 그래서 '아낌없이 주는 나무'라는 말이 나온 걸까?

늦봄, 감나무 아래 식탁과 바닥으로 떨어진 그 조그만 노란 감꽃들. 초여름 뜨거운 햇살을 가려주던 무성하고 푸르른 감잎 그늘, 그 잎 사이로 빛나던 햇살. 늦가을 붉게 물든 감과 감잎 그리고 하얀 겨울, 흰 눈 쌓인 앙상한 나뭇가지. 잊을 수 없는 감나무를 그리는 나의 애끊는 연정이다.

● 흙 밟기

산중 일상은 지극히 아날로그적이다. 이런 삶이, 요즘처럼 모든 것이 빠르게 변하는 스마트한 세상과 너무 동떨어진 건 아닌지 가끔 되돌아본다. 하나 도자기 작업을 할 때 거의 모든 공정에서 옛 도공이 하던 방식을 그대로 고수하고, 거기에 큰 가치와 의미를 부여하다보니 요즘 시류와 달리 시간과 노동을 더 쏟아부을 수밖에 없다. 거기다, 내 성정도 한몫한다. 날카로운 기계음 속에서 버튼 하나로 간편하게 작업을 해결하고 마음 편히 쉴 수가 없다. 굳이 공정에 일일이 관여하고 개입해 보다 인간적 결과물을 만들고 싶은 마음이 크다.

그래서 내 작업엔 토련기(흙을 이기는 기계로, 흙 속 공기도 빼주면서

흙을 작업하기 편한 부드러운 상태로 만들어준다)도 가스 가마도 없다. 버튼 하나만 누르면 작업에 알맞게 흙이 반죽되는 토련기 대신 직접 흙을 밟아서 꼬막을 밀어서 쓰고, 디지털 설정으로 온도를 조절하는 전기 가마나 기름 가마 대신 나무 하나하나 도끼로 장작을 패고 그 장작 하나하나를 집어넣어 작업자의 눈과 경험으로 가마 온도를 결정하는 장작 가마를 땐다. 지극히 전근대적이라고 볼 수도 있지만 그 편이 인간적이고 감성적이라고 생각해서다. 최근에는 전기 물레가 만들어내는 기계적이고 정형화된 성형이 눈에 거슬려 멀리하고 손물레와 발물레만 한다.

작업을 준비하며 더러 흙 밟기를 하는데, 도자기를 성형하다 실패한 것들을 모아서 물에 담가 딱딱한 흙이 물에 풀어져 부드러워지면 바닥에 두고 수분을 뺀다. 이것을 하나의 흙덩어리로 만들어 탑처럼 쌓았다가 발로 밟아 아래로 내리는 과정을 반복하면 흙이 바닥에 꽃 모양으로 깔린다. 이를 다시 탑으로 쌓아올려 같은 과정을 반복하며 흙 속 알갱이를 모두 풀어주면 아주 부드러운 본연의 흙으로 돌아간다. 이 과정을 거쳐 흙을 재사용할 수 있다. 어느 여름날 밤, 가을에 쓸 흙을 조합해 흙을 밟노라면 어느새 온몸은 땀으로 범벅이 되고 온도차 때문에 유리창이 부예지지만 이 작업 끝에 오는 먹먹함이 왠지 좋다.

이렇게 비효율적이어도 많은 작가들이 옛날부터 이어져 내려오는 이 방식에 매료되는 이유는 그 목적이 단순히 상품을 대량생산해 수익을 창출해내는 데만 있지 않기 때문이다. 공정 하나하나마다 감성적으로 접근해 좀더 창의적인 작업물을 만들고 싶어서다.

결국은 기계가 아닌 손맛!

오랜 시간 노고를 들인 결과물이니 작품에 혼을 어쩌고 하는 소리가 괜히 나온 말은 아닐 듯하다. 오늘도 초심을 되새기며 흙 밟기로 또 한번 마음을 다잡아본다. 작가의 작업량과 작품의 완성도는 비례한다고 굳게 믿으며!

따뜻했던 지난겨울 덕분에 어느새 작업실 밖 정원엔 보라색 수국이 아주 한아름 피어났다. 뒤쪽에 숨어 핀 수국을 꺾어다 작업실 여기저기에 올려두니, 오늘 하루의 노고가 사라진다. 이렇게 여름도 서서히 저물어가는가보다.

● "다 임자가 있다!"

지루한 장마가 어느덧 지나고 숲은 더욱 푸르디푸르러지고 계곡이 더더욱 깊어지면 마침내 여름의 한가운데 서 있음을 직감한다. 작업실 뒤편, 하늘이 보이지 않는 빼곡한 나무숲은 시원한 바람을 불어 내리고 그 속에 있자면 등줄기에 땀은 곧 마른다.

산 아래여서일까, 작업실은 에어컨 없이도 7, 8월을 보내기 어렵지 않다. 찌는 듯한 더위를 피해 작업실로 들어오면 마치 에어컨을 틀어놓은 듯 써늘한 기운이 느껴진다. 물론 열대야 같은 것은 없다. 예전엔 여름밤에도 창을 닫고 지내야 할 정도였지만 최근 들어서 이곳도 낮의 열기가 채 가시지 않고 밤이 찾아오는 때가 더러 생겼다. 그래도 아직은 대나무 살에 하얀 창호지를 붙인 큰 부채에 더

끌리는 것은 내 어리석은 객기 때문인지……

여하튼 도심보단 여기가 여름 나기에 한결 수월한 것은 사실이다. 7, 8월에는 풀들도 더위에 한풀 꺾이어가지만 그래도 새벽녘에 나가 바깥일을 마치고, 점심 이후엔 찌는 듯한 폭염을 피해 실내 작업을 주로 한다. 10월에 있을 가을 가마 소성을 슬슬 준비해야 하는 시기다.

늦더위를 피해 물레 앞에 서서 가만히 어떤 작품을 만들지 생각해본다.

나만의 독특한 기교나 방식으로, 보는 이의 마음을 움직일 아름다움이나 멋짐을 만들어내고 싶다. 나만의 작품을 만들기 위한 몸부림이 시작된 것이다. 도예는 소재의 한계가 있다. 그 안에서 나만의 독창성을 갖기란 쉽지가 않다. 오브제가 아닌 일반 생활 도자기를 만든다면 더욱 그렇다. 그래서 형태보다는 유약 색이 관건일 수 있다. 나만의 색을 입히기 위해 흙의 종류와 유약의 비율을 달리해가며 수십 번 실험과 소성을 거듭한 끝에 마음에 드는 유약을 만들어내는 것이다.

나 역시 10여 년 전 몇 번의 실험 끝에 얻어낸 흑유(흑갈색 유약을 말하는데, 이 유약을 도자기 표면에 두껍게 발라 구워내면 검게 보인다)를 앞에 두고 기존의 것과 아주 다른 흑유를 만들었구나 하며 자아도취에 빠지기도 했다. 흑유는 흑갈색 유약을 말하는데, 이 유약을 도자기 표면에 두껍게 발라 구워내면 검게 보인다. 예전 흑유들이 밋밋하고 유광인 반면 내 흑유는 유약이 녹으면서 만들어낸 질감과 무늬가 있어 한결 신비롭게 느껴졌다. 난 내심 뿌듯해했다. 작가들이 유약 하나 만들기 위해 얼마나 많은 시간과 노고를 들이는지 알기에 마음에 드는 나만의 유약을 찾아낸 기쁨은 컸다. 요즘은 그렇지 않지만, 과거엔 괜찮은 유약 하나만 개발해도 상업적으로 큰 부를 축적했다고 하니……

그런 일이 있고 얼마 지나지 않아, 시내 은행에서 어떤 고급 잡지를 넘겨 보다가 우연히 어떤 도예가의 작품이 눈에 들어왔다. 예쁜 꽃 장식을 흑유 그릇 끝에 올려놓았는데 얼핏 보아도 내 흑유 분위기와 사뭇 비슷한 게 아닌가?! 처음엔 '어떻게 이런 일이 있지?' 하며 받아들이기 쉽지 않았다. 외부로 적절히 노출되는 일이 너무 드물었나. 도자기 관련 전시회나 각종 행사는 물론 다른 작가들과의 교류를 중요하게 생각지 않는 성향이 스스로를 우물 안 개구리처럼 만든 건 아닐까. 하나 사실 엄격히 따져보면 유일무이의 창작물이란 있을 수 없는 게 아닐까 한다. 이렇게 저렇게 알게 모르게 서로서로 영향을 주고받는다. 안 본다고 모방하지 않는 것은 아니다. 과거의 축적된 시각적 경험은 어떤 식으로든 현재에 영향을 주기 마련이다. 다만, 본다고 다 재현할 수 있지 않다는 것만 해도 어쩜 다행이다. 그뒤로도 가끔씩 부딪히는 이런 문제에, 이제 '나만의'란 표현은 자제한다. 다만, 그것을 위해 쏟은 내 열정의 시간과 노고의 과정은 철저히 '나만의' 것으로 급히 가슴에 새기며 위안하는 정도…… 그 과정은 흉내낼 수 없는 오직 나만의 것이므로!

창작에서 또다른 핵심은 나의 작품이 타인의 마음을 움직일 수 있는가인데, 이것 역시 쉽지 않다. 타인의 인정이 내 작업의 전부나 완성은 아니지만 창작자는 자신의 창작을 소비하는 이와 소통해야 한다. 작가의 마음에 든 작품이라 해서 타인의 마음에도 다 드는 것은 아니다. 또한 내 마음에 안 든다고 다른 사람의 마음에 차지 않는 것도 아니다. 가마 소성 후 작품을 꺼내면 내 기대에 못 미치는 작품들이 대부분이다. 몇몇 내 눈에 흡족한 작품을 갤러리에 올려놓지만 그렇지 못한 작품은 작업실 한구석에서 덩그러니 던져놓기가 일쑤다. 심한 경우, 가마에

그냥 방치해두기도 한다. 며칠 후 다시 보면 간혹 처음과 달리 괜찮아 보이는 작품도 생겨 다시 들여놓기도 하고 더러는 다시 관심을 기울이지 못한 채 그냥 내버려두기도 한다.

그렇게 나에게서 잊힌 채 꽤 오랜 시간이 지난 어느 해인가, 작업실을 찾은 손님 한 분이 갤러리는 물론 작업실까지 쭉 둘러보고선 작업실 한구석에 먼지가 소복이 쌓여 있는 어떤 작품 하나가 제일 마음에 든다며 당신이 안아 가고 싶다고 한다. 참 모를 일이다. 난 그 작품이 거기에 있다는 사실도 잊고 지냈는데 말이다. 보는 눈이 다 다르므로…… 그래서 첫 전시회에 와주셨던 나의 스승께서 하신 말씀이 있다. 평소 여물지 못한 내 성정을 알고 계셔서일까 내게 단단히 일러주셨다.

"정신 나간 사람, 쌀 퍼내듯이, 작품을 함부로 퍼 돌리지 말아라! 다 임자가 있다."

고된 작업 끝에 나온 결과물인 작품을 나는 어떠한 태도로 대해야 할지 다시 한번 되새기며 새삼 마음은 고마움으로 차오른다. 작업실에서 작품을 접한 많은 분들의 도움으로 아직까지 작업실을 꾸려감을 안다. 내 얄팍한 재주를 보듬어주고 격려해주는 분들이 곁에 있음에 항시 감사한다.

물레 앞에 서서 무엇을 만들지 생각하다보니, 이런저런 상념이 가득해진다. 어느새 해는 어슴푸레해지고 살짝 선선한 바람이 뒤에서 부는 듯하다.

앞산 어디에선가 들려오는 뻐꾸기 소리, 뻐―꾹 뻐―꾹.

벌써 다 짝을 찾아 날아갔을 텐데 혼자 속절없이 저리 구슬피 운
다. 그래서 한낮 뻐꾸기 소리는 귀로 듣고 밤에 우는 뻐꾸기 소리는
마음으로 듣는다고 하나보다.

가

을

● 너푸리와
친구들

나에게는 지난 십수 년 작업실에서의 크고 작은 일을 오롯이 함께
겪어낸 전우애 풀풀 넘치는 동지들이 있다.

산속이다보니 그때그때 자연의 변화에 맨몸으로 노출되는 일이
많다. 어느 해 장마에는 이틀을 쉬지 않고 내리는 집중호우에 작업
실 앞 개울둑이 조금씩 무너지고, 도자기 가마 뒤에 있는 토방 아궁
이로 물이 새어들어와 그 물이 구들 아래로 들어가지 못하게 퍼내
느라 이리 뛰고 저리 뛰어다녀야 했다. 여름철 호우를 호되게 겪고
난 후 큰 트라우마가 생겼다. 비만 오면 극도의 불안과 걱정으로 잠
을 이루지 못했고 일기예보에 호우 소식이라도 있으면 서울로 보따
리를 싸서 도망가곤 했다. 산에서 큰비를 맞는 것은 도시에서의 그

것과는 사뭇 다르다. 산에서 들려오는 엄청한 빗소리는 물론, 작업실 앞으로 흐르는 작은 개울이 불어난 물로 곧 넘칠 듯 출렁이며 물과 함께 돌 굴러내려가는 소리가 들리는데 정신을 아득하게 만들기에 충분했다. 낮에는 눈으로 상황을 볼 수 있어서 그나마 괜찮은데 비바람이 몰아치는 밤이면 사방은 칠흑 같고 빗소리는 더 크게 증폭돼 공포스럽기가 그지없다. 이럴 때 정말 큰 힘이 되어준 건 '너푸리'. 항상 의연한 전우처럼 내 옆을 지켜주었다. 너푸리는 소위 말하는 잡종견인데 정말 이쁘고 총명한 아이였다. 정말 많은 것을 함께 나누고 함께 겪었다. 재밌는 것은 이 녀석도 비를 엄청 무서워해서 비만 오면 사시나무 떨듯이 떨었다는 사실이다.

너푸리가 곁에 없었다면 산 아래 외딴 작업실에서의 생활은 상당히 적응하기 힘들었을 것 같다. 1999년 10월 중순, 철저히 독립적이고 이상적인 자급자족 생활을 꿈꾸며 시작했던 작업실에서의 일상은 예상과는 많이 달랐다. 고백하건대, 초기엔 생각보단 훨씬 많이 무서웠다. 내가 지었고 평생을 살 내 작업실이라 다짐해도 어둠이 찾아오면 서울로 달아날 구실을 찾곤 했다. 그러다 너푸리를 데려오면서 아주 든든한 도반을 얻은 듯했다. 비록 강아지였지만 엄연한 생명체였고 어떤 존재보다 더 친밀하게 마음을 나누었기에 위안을 얻으며 두려움은 조금씩 사라져갔다. 모르긴 해도 말을 해도 안 통하는 사람보다는 너푸리와 훨씬 쉽게 소통할 수 있었다고 믿

는다.

가마 소성 날, 새벽 2시경이면 가마에 불을 붙이고 가마 봉통 옆에 너푸리와 나란히 앉아서 불을 지키며 저 아래 마을에서부터 아침 안개가 걷혀오는 풍경을 같이 바라보았다. 가끔 서울 볼일로 나갔다가 늦게 돌아오면 너푸리가 항상 대문 뒤에서 웅크리고 선잠을 자다 일어나 나에게로 뛰어와 작업실로 가는 깜깜한 벚나무 가로수 길을 같이 걸어줬다. 그 길 위로 어두운 밤하늘 여기저기 반딧불이 날아다녔는데 이때도 너푸리와 함께였다. 그 아이는 마을에서도 인기가 좋아서 새끼를 여러 번 보았고 더는 힘들 것 같아 중성화를 해줘야 했다.

그러나 시간이 지나고 세월의 흐름은 어쩔 수 없어서 시력도 청력도 나빠지고 급기야 종양도 생기면서 너푸리와의 이별을 준비해야만 했다. 얼마 남지 않은 시간이지만 좀더 같이 보내려고 침대 옆에 너푸리 자리를 마련해 저녁 시간도 같이 보냈다. 그때까지만 해도 너푸리와의 이별이 그리 빨리 올 것이라곤 생각지 못했다. 그날도 볼일을 보고 돌아오는 길이었다. 엄청난 폭우가 쏟아진 후 작업실에 도착했는데 그 어디에도 너푸리의 모습은 보이지 않았다. 집 안에 두고 가면 너무 갑갑하고 심심해할 것 같아서 정원에 내놓았었다. 항상 그래왔으니까…… 같이한 15년 동안 한 번도 작업실 울타리를 넘어간 적이 없는 아이였으니까…… 근처 동네는 물론 즐겨

산책을 다니던 등산로까지 이틀 내내 찾았지만 헛수고였다. 사흘째 되던 날, 뜻밖의 장소에서 너푸리를 만났다. 작업실에서 10킬로미터쯤 떨어진 도로 중앙분리대에서였다. 마치 내가 오기를 기다렸다는 듯이 반듯이 누워 있었다. 8월의 뜨거운 열기로 몸이 아스팔트 바닥에 들러붙어 있었다. 처참함을 말로 다 할 수 없을 지경이었다. 경찰의 도움으로 너푸리를 수습해 와 작업실 앞 벚나무 아래 묻을 때까지 무슨 생각을 했는지. 한없는 자책이 이어졌다. 작업실을 비우지 않았다면 살아 있을 텐데…… 지금도 너푸리 생각을 하면 마음이 아프고 미안하고 그리고 고맙다. 난 함께해서 말할 수 없이 좋았고 행복했는데 과연 그 아이도 그러했을까?

이런 아픈 이별이 처음은 아니다. 20년 동안 강아지 셋과 고양이 둘을 묻었다. 집을 나간 강아지도 둘이고 고양이도 둘이나 된다. 그래서 함부로 개나 고양이를 들이지 않겠다는 다짐을 한다. 특히 2년 전, 열여섯 해를 함께한 우리 고양이 짝눈이를 보내고서 그 생각은 더 확고해졌다.

자유로운 감성이 충만했던 짝눈이는 페르시안이었지만 여느 코리안 쇼트헤어 못지않게 파이팅이 좋아서 어려서부터 나갔다 오면 꼭 수확물을 내 침대 위에 물어다 놓곤 했다. 사냥 본능에 충실한 나머지 밖에서 획득한 전리품을 꼭 챙겨서 집에 돌아오는 제국주의(?) 고양이였다. 전리품은 박새부터 작은 새앙쥐에 두더쥐까지 참

다양했다. 짝눈이는 날 좋아하는 것 같았지만 안겨 있거나 내가 만지는 걸 즐기지는 않았다. 전형적인 자립심 강한 고양이. 말년에 갑상선 항진증으로 1년 넘게 투병하며 힘겨운 시간을 보내기도 했다. 그때 짝눈이를 그냥 보내지 못하고 누워만 있는 짝눈이에게 꽤 오랫동안 주사기로 먹을 것을 먹여주고 링거를 맞혔는데 지금은 그때 그 애를 옆에 두려고만 한 나의 결정을 후회한다. 그 누구보다 자유로웠던 아이가 원하지 않았을 선택은 아니었을까.

나에게는 (아마) 아직도 먼저 보내야 할 강아지 둘과 고양이 하나가 있으므로 집에 또다른 생명체를 들이는 일은 없어야 한다고 다시 마음을 다잡는 요즘, 지난여름부터 아주 용감한 길고양이 한 마리가 작업실을 드나들더니 어느 날 새끼 세 마리를 데리고 나타났다. 작업실엔 항상 강아지가 두 마리 이상 있었기에 지난 20년 동안 길고양이들이 여간해서는 접근하질 못했다. 근데 이 어미 고양이는 우리 강아지도 아랑곳하지 않는데다가 사료를 주면 살짝 경계하다가 먹이에 정신이 가 있을 때 살짝 만지게도 내버려두고 더러 배도 만지게 해주었다. 내가 작업실로 들어가고 나면 "냐옹 냐옹" 하면서 새끼들을 불렀다. 새끼 중 노란 털을 자랑하는 한 놈은 다소 겁이 많지만 덩치는 제일 크며, 또 한 놈은 마치 턱시도를 입은 양 검은 슈트에 흰 와이셔츠에 콧수염까지 붙이고 있는데 이 녀석이 아주 물건이다. 얼마나 성격이 좋은지 지금은 내 발밑을 따라다녀서 제대로 걸을 수가 없다. 셋 중 친화력이 최고다. 마지막으로 유일한 암컷인 삼색이는 통통하고 엄마를 닮아서 정말 이쁘고 품행이 야단스럽지가 않고 항상 조심스러운 편이다. 육아에 지쳐서인지 철없는 이 세 마리 애기들을 내게 맡기고 어느 날부터 어미는 보이질 않고, 아이들은 저희끼리 몰려다니며 사이좋게 지낸다. 이젠 작업실로 들어올 때도 주저함이라곤 없으니 나의 고민은 날로 커져만 간다. 곧 닥칠 매서운 겨울 추위를 대비해 작업실 옆에 집도 마련해두었지만 매일 창가에 세 마리가 붙어 앉아 나에게 들어오고 싶다는 눈빛을 보낸다. 그 간절한 눈을 얼마나 오래 피할 수 있을지……

작업실엔 열여덟 해를 같이 살고 있는 노묘가 있는데 그녀는 너무 까칠해서 어떤 이방인도 곁에 두려고 하지 않는다. 게다가 최근에 삼색이가 살이 빠지고 먹지를 않아 병원에 갔더니 파보바이러스에 감염된 사실을 알게 되었다. 파보는 치사율이 매우 높은 전염병이라 삼색이는 물론 다른 고양이에게도 치명적이어서 아기 고양이 셋을 새로 더 집에 들이는 건 생각할 수 없었다. 한번 파보에 노출되면 한 달은 족히 활동을 한다 들었기에 더 조심스러운 것도 사실이다. 그래도 불행 중 다행으로 병원에서 주사를 맞고 약도 처방 받은 후 삼색이는 고비를 넘긴 듯한데…… 별 탈 없이 버텨준 어린 녀석이 한없이 가엽고 또 사랑스럽다. 작업실에 들어와서도 마치 주눅든 셋방살이 고양이처럼 웅크리고 앉은 모양이 너무 이쁘다. 쓰

다듬고 안아 들고 비비고 놀다가 아차 하며 내보내곤 작업실 바닥 구석구석을 락스에 물을 희석해 청소하고 입었던 옷을 세탁기에 넣고 손을 비누로 깨끗이 씻은 후 2층의 노묘를 맞았다. 얼마나 오래 이렇게 할 수 있을까? 이 측은하고 치명적으로 사랑스러운 아이들을 거부할 수 있을까?

"머지않아 성묘가 될 삼색이 중성화를 해주어야 하는데……"

어쨌든 이들이 없는 작업실에서의 일상은 엄청 삭막하고 건조할 게 뻔하고 이들의 존재 자체로 내 삶은 꽤나 충만해진다.

누가 이기든지 그 끝은 평화롭기를 희망해본다.

P.S. 산속 작업실에서 가장 좋은 친구가 되어주었던 너푸리, 짝눈이, 미밍이 그리고 할비와 영웅이, 나중에 만나자! 잘 지내고 있으렴.

● 그때는 그때고
지금은 지금이다

우리는 살면서 많은 결정을 시각적 판단에 의지한다. 나도 그렇다. 객관적 논리나 이성적 판단은 최우선이 아니었다. 물건을 고를 때, 집을 지으며 수많은 선택의 순간을 마주했을 때, 심지어 사람을 판단할 때도 극히 시각적이고 감성적인 취향을 토대로 아무런 주저 없이 결정을 내렸다.

20년 전 작업실을 지으면서 나는 한 치의 주저함도 없었다. 내가 원하는 것이 무엇이고 어떤 것을 어디에 어떻게 할지가 눈에 다 들어왔다. 당시에는 자연에 가까운 소재에만 눈이 가서, 나무나 벽돌 같은 것들이 주된 건축 재료였다. 차가운 느낌을 주는 소재보단 따뜻하고 친환경적인 소재가 최선이라 생각했고 그런 것들만 눈에 들어왔다. 그래서 군산에서 오래전에 지었던 목조창고를 허물면서 나온 서까래를 어찌어찌 구해서, 작업실 내부 보로 사용하고 일부 넓은 고재는 얇게 켜서 문에 덧붙여 오래된 느낌을 살리려 애썼다. 하얀 벽면에 세월이 묻어나는 짙은 나무색 문을 달았는데 새로 지은 집에선 느낄 수 없는 편안함과 따뜻함을 주기에 누구라도 편히 쉴 수 있는 그런 공간이 되기에 충분하다고 확신했다. 외부 마감으로 쓴 고재 벽돌 역시 며칠을 여기저기 돌아다닌 끝에 선택했다. 그 벽돌의 고풍스러움을 한층 더하려 벽돌 모서리를 망치로 살짝 쳐내기도 했다. 만 장쯤 쳐냈을 때일까? 조적하시는 분들이 자기네가 살짝 쳐내면서 하겠다며 나를 밀어냈다. 사뭇 내 열정이 부담스러웠나, 아님 안돼 보였나.

작업실 내부 벽면과 천장 또한 매끈하게 미장을 마친 표면에 울퉁불퉁하게 흰색 테라코타를 바르고 각진 모서리는 모두 드릴로 깎아내어 마치 동굴 내부 같은 분위기를 만들었다. 세월이 묻어난 곳에 날이 살아 있을 수 없으므로⋯⋯

매끈한 표면을 최고의 미장 기술로 여기는 미장공들은 내 요구에 상당한 반발을 해오기도 했다. "이런 건 유치원생을 데려다 해야 하는 거지 나 같은 기술자가 할 일이 아니다"라며 볼멘소리를 하셨다. 그러던 분들도 차츰차츰 완성에 가까워지면서 그 면면에 흡족해하시는 게 느껴졌다. 작업이 완료되고 당신들 작업물 앞에서 사진을

찍으며 기뻐하셨으니 말이다. 내 판단의 승리였다.

그러나 그렇게 확신하던 내 시각적 판단은 10년이 조금 지나면서 철저히 무너져내렸다. 10여 년 만에 작업실 내부를 리노베이션하고 갤러리를 새로 지었다. 주요 건축 재료는 콘크리트와 철이었다. 20년 전이라면 상상도 못할 선택 아닌가! 갤러리는 노출 콘크리트 건물이다. 이성적인 회색빛 직사각형 덩어리 그 자체로, 작업실과 떨어진 듯 붙여 지었다. 군더더기 하나 없는 간결함에 예전의 부드러움은 보기 힘들다. 작업실 2층 내부 천장과 벽면에는 석고보드를 덧붙여 울퉁불퉁한 표면을 없애버렸다. 주방에서 기존 나무 선반을 철제로 교체하고 나무로 된 싱크대 상판과 아일랜드 식탁은 뜯어내고 거푸집을 짜서 콘크리트를 부었다. 온정적인 인간미보다는 이성적 절제미에서 나오는 단순함을 더 좋아하게 되었다. 나의 놀라운 변심은 아직까진 큰 문제 없이 잘 버티고 있다. 세월이 변해감에 따라 사람도 변하는 것이 어쩜 자연스러운 일일지도 모른다.

세상에 믿을 게 없다는 건 알고 있었지만 내 시각적 판단마저도 20년 전과는 이토록 달라져버렸다. 이제 나 자신, 내 눈도 믿으면 안 된다는 걸까? 눈, 시각적 판단만큼 쉽게 변하는 것도 드물 듯! 감각적 판단에 의존해 내린 많은 결정을 다시 한번 돌아보며 내 눈보다 좀더 믿을 만한 근거로 무엇이 있을까 고민해보기 딱 좋은 청명한 가을날이다.

● 토마토 수프를 먹는 밤

오전 내내 작업에 필요한 흙을 준비하느라 몸이 힘들어 입맛이 없다. 이제 폐허가 다 되어버린 텃밭에서 토마토를 몇 개 따 먹어보니 아직은 맛이 괜찮은 편이다. 하나 이젠 많이 쇠한 탓에 두고 먹기엔 힘들겠다. 남아 있는 토마토를 몽땅 따니 바구니에 가득하다. 점점 차가워져가는 지하수에 토마토를 씻으면서 또 집어먹어본다. 나머지는 겉껍질을 다 벗겨 믹서기에 넣고 완전히 갈아준다. 큰 냄비에 신선한 올리브유 넉넉히 두르고 토마토 간 것을 낮은 온도에서 일고여덟 시간 정도 충분히 끓인다.

중간중간 집어먹은 토마토로 점심을 때우고는 커피 한 잔을 들고 얼른 작업실 옆, 감나무 아래 테라스로 나가 잠시 털썩 앉아본다.

그야말로 코발트색 하늘 아래로 기름칠이라도 한 듯 반짝이는 감나무 잎 사이를 비집고 들어오는 햇살에 눈이 찌푸려지고 고개를 돌리게 되는 걸 보니, 아직은 따가운 한낮의 뒤끝이 살아 있는 10월 초순이다. 그래도 이 쨍한 태양 볕이, 역대급으로 길었던 지난 장마로 눅눅해진 작업실 안팎의 습기를 시원하게 날려보내기에는 완벽하다. 해가 살짝 들어가는 오후 서너 시가 되면 산에서 불어 내려오는 서늘한 바람으로 기분좋은 선선함이 가득하다. 창과 문을 있는 대로 다 열어젖히면 신선하고 쾌적한 공기에 온몸이 깨어나고 옆에 누워 축 늘어져 졸고 있던 강아지들도 신나서 밖으로 뛰어나갔다 들어왔다를 반복한다. 녀석들도 이 서늘한 공기가 반가운 모양이다. 내가 얼마나 기다린 계절인가! 지루하고 막막했던 비바람이 지나고 마침내 온전한 가을이 왔다.

아까 불에 올려놓은 토마토에선 달고 새콤한 향기가 피어올라 코와 입을 자극하고. 이 청명한 가을날, 꼭 해야 하는, 아니 제일 하고 싶은 일 하나가 생각났다. 침구 말리기! 매트리스까지! 생각만 해도 그 뽀송뽀송함이 전해진다! 해는 온갖 것을 다 꺼내 말리고 싶을 정도로 충분히 따끈하고 바람은 무엇 하나 남기지 않고 날려보낼 것처럼 적당히 비장하니…… 오늘 같은 완벽한 가을날 오후, 먼저 갤러리 지붕 위를 깨끗하게 쓸고선 각종 이불, 담요, 베개 등등 있는 대로 다 끄집어내어 말린다. 연회색빛 콘크리트 바닥 위에 놓인 희

고 파랗고 더러 붉은 이불이 마치 몬드리안의 그림 같다는 생각마저 든다. 온전히 말린 이불을 덮을 생각에 벌써 살며시 입꼬리가 올라가고 바스락거리는 소리에 노곤한 몸이 스르륵 녹아내리는 것 같다. 내가 만약 산을 내려가서 산다면 아마도 이 뽀송뽀송하고 바스락거리는 침구와 함께한 추억을 잊기는 힘들 듯, 아마 제일 그리운 것 중 하나가 되지 않을까 한다. 해는 아직은 길지만 그래도 눈 깜빡할 새 차가운 기운이 산에서 내려오니 해 지기 전, 서리를 피해 거둬들이는 것이 좋다.

이렇게 어느새 어둠이 찾아오는 산 아래 초가을 저녁, 오늘 해야 할 일들은 마무리가 되고 바쁘게 돌아가던 내 일상도 조금은 느릿해진다. 더 늦기 전에 활짝 젖혀놓은 대문도 닫고 앞 정원에 늘어놓은 장비들도 정리할 요량으로 벚나무 길을 따라 정원 쪽으로 터덜터덜 걸어내려간다. 대문에 빗장을 야무지게 걸고 작업실 쪽으로 다시 몸을 돌려 들어올 때면 이미 저멀리 작업실은 어둠에 싸여 있고 작업실 앞 갤러리 근처에 있는 벚나무 가지 끝 여기저기에 아스라한 초롱불 같은 것이 흔들거린다. 마치 촛불을 달아매둔 것처럼…… 사방이 어두워 가지 끝 여린 불빛이 더 영롱한데 그것은 바로 반딧불이다. 처음엔 나도 정체를 몰랐다가 무릎을 탁 쳤다. '이것이 반딧불이로구나!' 하고. 그 불빛은 제법 밝아서 멀리서 마치 누군가 손전등을 살짝살짝 흔들며 걸어오는 듯 보인다. 근처에 개

울이 있어 반딧불이의 먹이인 민달팽이 같은 연체동물이 흔히 서식하고, 인가가 없는 탓에 오염이 적어 이 반딧불이를 제법 자주 볼수 있다. 아쉽게도 요즘은 예전과 달리 개체 수가 눈에 띄게 줄었다. 20년 전만 해도 비포장도로의 오지였던 이곳에 가로등이 곳곳에 세워지고 주택지가 빈번히 개발되니, 그 작은 반딧불이 같은 녀석들이 살아남을 여지는 점점 사라져간다.

밤기운이 제법 서늘해진 초가을 밤, 이때쯤 오늘 반나절 넘게 끓인 토마토 스튜라 할까, 토마토 수프라 할까, 맛볼 때가 됐다. 졸여져 처음보다 반 이상 줄어든 덕에 걸쭉해지고, 황금색 올리브유가 살짝 도는 색깔이 아주 먹음직스럽다. 오목한 볼에 토마토 수프를 가득히 담고 옆에 건포도와 호두가 박힌 효모 발효 빵을 얹어 들고 앞쪽 덱으로 나간다. 아까 들어오면서 만났던 불빛이 아직도 작업실 외벽 붉게 물든 담쟁이덩굴 위로 흔들거린다.

"하나, 둘…… 앗, 셋이다!"

너무나 맛있게 새콤달콤한 진한 토마토 수프 맛이 입안을 가득채우는데 눈앞에서 점점 희미해지는 반딧불이의 모습에 괜시리 혼자 서글퍼진다.

"내년에도 꼭 다시 오렴! 우리 또 보자."

● 가을 가마 소성하는 날

2020년 10월 24일 네번째 토요일, 가을 가마 소성일이 바로 내일
로 다가왔다. 모든 준비는 끝났다. 내일 새벽에 불을 지펴야 하므로
초저녁에 잠을 좀 자려고 누웠지만 이런저런 생각에 정신은 더 맑
아지고 지난 몇 개월 동안의 작업이 머리를 스치고 지나간다. '빨리
한두 시간이라도 자야 내일모레 새벽까지 버틸 수 있을 텐데……'

　지난 7월부터 4개월 동안 작업에 온 에너지를 다 썼다. 모진 장
마 때도 늦더위가 한창일 때도 물레 앞에서 흙과의 씨름은 계속되
었다. 더러 마음에 드는 작품도 있고 어떻게 유약을 바를지 구상하
며 도자기 성형을 했다. 가마 재벌 소성 2주 전, 일련의 작품 성형은
끝을 맺고 가마 소성을 위한 준비가 시작됐다. 먼저, 그동안 방치해

놓다시피 한 장작 가마를 청소해야 한다. 지난번 소성으로 가마 봉통은 물론 네 개의 가마 칸 안에 남아 있는 재와 잔해물을 깨끗이 청소하고 가마 재임에 쓸 내화판(도자기를 올려놓고 굽는 판으로, 열에 강해서 높은 온도에도 버텨낸다)도 청소해둔다.

청소를 마친 다음날 바로 초벌(유약을 바르지 않고 낮은 온도에서 한 번 구워내는 과정)에 들어간다. 반년 동안, 더러는 1년을 작업실 한편에서 건조된 크고 작은 작품들이 마침내 작업실 밖으로 나와 외부에 있는 장작 가마로 옮겨진다. 굽기 전까진 순간의 부주의로도 쉽게 깨져버릴 수 있기에 도자기를 옮길 때는 상당히 주의를 기울여야 한다. 많게는 300개도 넘는 작품을 하나하나 세심히 다루며 가마 내부에 차곡차곡 쌓아올린다. 작품을 다 옮기고 나면 팔도 다리도 힘이 다 풀리곤 한다.

그래도 재벌 소성과 달리 초벌 소성을 할 때는 도자기를 겹쳐 쌓을 수 있어서 네 칸 가마를 다 쓰지 않고 한 칸이나 두 칸 정도에 도자기를 다 재임하고 불을 땐다. 한결 수월한 편이다. 초벌 소성은 온도도 700도 정도까지만 때주면 된다. 초벌의 목적은 도자기에 유약을 바르기 좋은 상태로 만들어주기 위해서다. 대략 열두 시간 정도 때면 된다.

다음날 오후 식은 가마에서 다시 작품을 다 꺼내 작업실로 옮겨 각 기물에 맞는 유약을 발라야 한다.

유약 작업을 4~5일에 걸쳐 하고 나면 재벌을 위한 가마 재임이 다시 시작된다. 작품을 어떻게 쌓느냐가 불의 흐름에 막대한 영향을 미친다. 불이 가마 안을 충분히 돌다 빠져나갈 수 있도록 기물과 기물의 간격을 적절히 띄우고 작품의 높이가 나란하지 않도록 높낮이에 요철을 준다. 일련의 숙련된 경험과 기술은 물론 힘이 필요한 작업이다. 좁은 가마 안에 쭈그리고 앉아서 허리 힘으로 무거운 작품과 내화판을 수백 번 들어올렸다 내려놓기를 반복해야 한다. 육체적으로 엄청난 부담이 동반되는 작업이지만 작품이 하나둘 자신의 자리를 찾아 놓이면 그 속에서 무한한 재미와 뿌듯함을 느껴 육체적 고통은 뒤로 빠진다. 10여 년 전 재임을 하다 허리 인대가 급성으로 늘어나서 한참을 고생한 경험이 있어, 그 일이 있고 난 후 가마 재임 등 육체적으로 힘든 작업이 무서운 것도 사실이다. 그래서 지금은 적어도 일주일쯤 긴 시간을 두고 충분히 그리고 천천히 재임하려고 노력한다. 마지막 네번째 칸까지 재임을 끝내고 가마 문을 벽돌로 막으면 재벌 소성을 위한 그 기나긴 공정이 모두 끝난다. 도자기 하나가 나오기까지 이렇게 많은 시간과 노력이 들어가니, 그 결정체가 될 소성을 눈앞에 두고 잠을 이루지 못하는 게 어쩌면 지극히 자연스럽게 느껴진다.

눈을 잠깐 붙이는 둥 마는 둥 하며 뒤척이다가 새벽 한시쯤 불을 붙이러 가마로 향한다. 신선한 새벽 공기와 가슴 설레는 적막함으

로 가득한 가마 앞에서, 간소한 고사상을 차리고 무탈하게 오늘 불을 마칠 수 있기를 기원해본다. 가마 봉통에 나무 장작을 몇 개 쌓아놓고 마침내 불을 붙인다. 처음 불은 그냥 아궁이 불 정도로 소소하게 그리고 천천히 시작된다. 이미 초벌한 가마 안 도자기들이지만 서서히 불을 올린다. 도자기를 땐다기보단 가마를 때는 시간이라고 봐야 할 것이다. 이렇게 봉통에서 시작한 불은 한나절 지나면서 가마 전체로 불의 기운을 전달해주고 나서야 가마 칸으로 올라갈 수가 있다. 이쯤 되면 가마의 온도는 1000도를 살짝 밑돈다. 오후 두세 시쯤, 첫째 가마 칸에 나무를 넣기 시작하면 본격적인 가마 소성이 시작된다. 여기서 가마 온도를 1230도까지 때면 시유(도자기에 유약을 바르는 행위)한 유약이 녹고 작품에 고유한 분위기가 입혀진다고 본다. 이렇게 불은 다음날까지 계속된다. 이미 36시간 이상 잠을 못 자고 깨어 있지만 불 앞에서 긴장을 놓을 수가 없다. 나무 하나하나가 작품의 결과에 맞닿아 있으므로…… 가마 온도가 1230도 정도 되면 불의 색은 아주 투명해진다. 마치 불이 없는 것처럼 가마 안에 쌓아놓은 작품들이 하얗게 보인다. 이쯤 되면 가마 앞은 뜨거워서 근처에 가기도 힘들지만 가마 안의 신비로운 불빛과 기운에 매료되지 않을 수가 없다. 진심, 어느 소설에서처럼 도공이 그 불에 매료되어 뛰어들게 만든 그 진정성에 감히 고민 없이 동의한다. 가마 불에는 충분히 설명할 수 없는 마성의 힘이 있다.

장작 가마 소성을 할 때는 날씨나 바람, 나무의 상태 등 인위적으로 제어하기 어려운 수많은 변수가 영향을 미친다. 그래서 소성에 걸리는 시간과 결과를 예측하기가 힘들다. 하나 그런 통제가 어려운 상황에서 의도한 기대치를 최대한 맞추고자 하는 애끓는 순정이랄까…… 그래서일까. 가마 불을 땔 때면 과학적 데이터에 입각한 지극히 계산적이고 기계적인 방법보단 감성적으로 마음으로 접근해야 한다고 생각한다. 하나하나 마음을 다해 불을 대할 뿐이다.

뜬눈으로 버텨온 고단한 몸과 마음으로 마지막 장작을 가마에 넣고 마지막 칸의 가마 문을 막으며 다시 맞은 새파란 새벽 아침! 아직도 하얗게 끓어오르는 가마를 뒤로한 채, 긴 여정 끝에 오는 허탈함이랄까 노곤함이랄까! 결과에 대한 조바심만 안고 작업실로 힘없이 걸어간다.

"잘 나오겠지……?"

● 도자기 무덤

지난주 가마 소성을 마친 뒤 딱 일주일 만에 가마 문을 열고 작품들을 꺼낸다. 10월의 끝자락, 아직은 기온이 많이 내려가지 않은 터라 가마 안은 불의 열기로 따뜻하다. 작품이 몇 점이나 될까? 과연 내 의도대로 나왔을까? 다 꺼내서 가마 옆에 쭉 늘어놓고 보니, 마음에 훅 들어와 안기는 작품은 없다. 그 길고 험난한 과정에 대한 답으로는 충분히 성에 차지 않아서일까? 항시, 소성 결과에 대한 평가는 넉넉하기보단 박한 편이다. 내 기준에 딱 들어맞는 작품을 보기는 쉽지 않다. 늘 반대의 경우가 훨씬 흔하다. 마음 한쪽이 쿵 하고 내려앉았다.

그러나 이런 아쉬움, 안타까움은 단단히 묶어두고 영 아니다 싶은 것들은 가마 뒤에 있는 일명 도자기 무덤으로 바로 가야 한다. 지난 10여 년의 흔적인 양 깨어진 도자기가 수북이 쌓여 있다. 그 위로 오늘 또 치열한 전쟁의 패잔병처럼 도자기가 쌓인다. 더러는 적당히 타협해야 하나, 하는 생각이 스친다. 그러나 작품에 대한 순간적 애착이나 미련은 단호한 판단을 흐리게 한다. 마음에 흡족하지 않거나 미비하지만 결함이 있는 작품을 조금 아쉽다고 깨뜨리지 않고 갖고 있다보면 주변의 좋은 작품까지 같이 끌어내리게 된다. 미꾸라지 한 마리가 물을 흐리듯이…… 어설픈 타협보단 온전한 배제가 답이라 생각한다.

16년 전 아시아에선 처음으로 우리나라에 세워진 카르투시오 봉쇄수도원의 한 수도사의 이야기가 생각난다. 수도사들은 독방에서 철저한 침묵과 고독, 지극한 가난 속에 생활한다. 오로지 묵상과 기도를 통해 그들의 하느님께 좀더 가까이 가고자 한다. 이런 위대한 가난을 실천하기 위해, 모든 수도사들에게 정기적으로 밥과 물만 허용된 식사가 제공되기도 한다고 했다. 한 수도사는 도저히 맨밥이 목에 걸려 넘어가질 않았단다. 그래서 바나나 반 토막을 밥에 으깨어 먹었는데 놀랍게도 바나나가 짜더란다! 하나 그것도 잠시, 얼마나 지나지 않아 바나나도 차츰 아무 맛이 안 나고 그냥 맨밥처럼 느껴졌다 했다. 그뒤로 그냥 맨밥을 먹는 것이 훨씬 편해졌다고. 타협보단 완전한 배제가 오히려 심리적으로도 더 편하고 쉽다는 말이

다. 바나나란 타협점을 이겨낸 심리적 충만이 승리한 것이다.

십분 이해가 된다. 얄팍한 타협이 가져다주는 순간의 편안함은 잠깐이고 그로 인한 죄책감은 크므로, 궁극에는 그냥 잘라내는 것이 최선이라는 얘기다.

타협을 이겨낸 정신적 충만함이 더 크다는 사실! 도자기 또한 아니다 싶은 작품은 미련 없이 깨뜨리는 것이 최선이다. 안일한 타협은 버리는 것이 좋다.

살아남은(?) 작품들을 작업실로 옮기는 발길은 무겁고, 제법 쌀쌀해진 해질녘 바람이 내 볼에 와 부딪힌다. 지난밤 살짝 내린 서리에 가마 칸 주변에서 그나마 힘겹게 버티고 있던 꽃잎과 풀이 폭삭 시들어 바닥에 누워버렸지만 꽃망울을 터뜨리기 시작한 노란 들국화만은 이 찬 시련을 맞아 더 색이 선명해지고 향기도 깊어진다. 찬 바람과 호된 서릿발에 존재감을 더욱 뽐내는 들국화를 한아름 꺾어다 작업실 작품에 가득 담으니 작업실은 어느새 샛노란 가을 정취로 채워지고 엷은 위안의 미소가 살포시 삐져나온다.

이렇게 산 아래 가을은 깊어간다.

● 가을 식탁

가을의 선선함이 산에도 잔뜩 피어오르면, 작업실 텃밭의 푸성귀들은 지난 장마에 거의 녹아버리고 남은 것이라고는 고추, 가지, 토마토 그리고 늦게 심은 오이 조금. 오늘 아침나절, 텃밭을 둘러보다 밭 한쪽 끄트머리에서 치커리 심어둔 것이 몇 뿌리 살아 새로 싹이 올라오는 것을 발견하고 어찌나 반갑던지…… 이맘때 상을 채울 먹거리를 밭에서 만나기가 쉽지 않은 탓이다. 그래도 이웃 밭에 심어놓은 호박이나 고구마 등등이 귀한 가을 식단을 풍요롭게 해주니 감사한 일이다.

2020년 9월 23일
....

○ 메밀국수   ○ 가지 튀김, 고추 튀김

○ 청포묵 샐러드   ○ 무·당근·비트 피클

1. 메밀국수를 삶아 찬물에 여러 번 헹구어내고 체에 받쳐 물을 빼준다. 메밀국수 장국은 시중에 판매하는 제품에 양파와 레몬을 넣고 한번 끓여준다. 짜고 들쩍지근한 맛이 가시고 한결 풍미가 생긴다. 무는 강판에 갈고 파는 곱게 썰어 물에 담갔다가 매운맛이 빠지면 건져서 작은 종지에 무 간 것과 강판에 간 마 조금과 낫토를 함께 담는다.

　2. 텃밭에서 손바닥만한 연한 가지를 골라 따고 오이고추도 같이 따서 가지는 반을 자르고 고추는 그대로 튀김옷을 입혀 튀겨낸다. 긴 사각 접시에 가지와 고추 튀긴 것을 가지런히 올려놓는다.

　3. 이날의 하이라이트! 새로 올라온, 그러나 조금은 뻣뻣하고 살짝 쓴맛의 치커리를 밭에서 솎아낸다. 잘 씻어 커다란 둥근 볼에 풍성하게 담고, 그 위에 뜨거운 물에 살짝 데친 청포묵을 찬물에 씻어 곱게 채를 쳐서 올린 후, 곱게 다진 마늘을 듬뿍 그 위에 올린다. 소금, 후추를 뿌리고 동네 방앗간에서 막 짜 온 참기름을 휘두르면 끝이다. 신선하고 쌉싸름한 치커리와 알싸한 마늘, 고소한 청포묵과 참기름의 조화가 입맛을 자극해 이맘때 식탁에 자주 올리는 최강 메뉴 중 하나다.

　4. 무·당근·비트 피클을 곁들인다.

2020년 10월 16일
··
○ 잡곡밥   ○ 돼지고기 김치찜   ○ 호박잎 쌈

○ 고구마줄기 볶음   ○ 콩잎 장아찌

1. 김치냉장고 덕분에 작년 김장김치가 아직 생생하다. 아무래도 직접 기른 배추로 담근 김치는 쉽게 무르지 않는다. 배추 줄기는 아싹함을 잃지 않고 있다. 이 김장김치를 냄비 바닥에 깔고 돼지고기를 큼직하게 썰어 올린다. 별다른 양념이 필요 없이 마늘 두 숟갈과 양파와 파를 좀 넣고 푹 끓여준다. 커다란 타원형 접시에 한쪽엔 고

기를, 한쪽엔 김치찜을 소담히 담아낸다.

2. 호박잎은 찬바람이 불기 시작하는 이때부터 참맛을 낸다고 이웃 지연이 할머니가 일러주셨다. 장화를 신고 호박을 심어둔 개울둑으로 간다. 호박 줄기 끝자락을 잡고 크기가 손바닥만한 연한 잎만 따준다. 찜기에 넣고 살짝 찐다. 평평한 직사각 접시에 찐 호박잎을 올리고 작은 볼에 강된장을 담아 한쪽에 올려놓는다.

3. 고구마순을 따서 겉껍질을 벗겨 데친 후 들기름을 두른 팬에 넣고 볶다가 마늘과 새우젓으로 감칠맛을 낸다. 요즘 같은 가을날에 딱 어울리는 반찬이다. TMI: 이날 앞집 명자쌤은 같이 순을 따다가 3돈짜리 금팔찌를 밭에서 잃어버렸다. 무성하게 자란 고구마밭을 아무리 뒤집어봐도 금붙이의 흔적은 찾질 못했다. 빈손 아니 빈 팔목으로 돌아가는 그녀의 축 처진 어깨가 아직도 생생하다.

4. 또다른 가을 별미는 삭힌 콩잎이다. 아래 지방에선 콩잎을 삭혀서 젓갈을 살짝 발라 먹는다. 젓갈 특유의 콤콤한 맛이 일품이다. 생각만 해도 입에 침이 고이는 그야말로 토속적인 음식이다. 맨밥에 올려 먹으면 밥도둑이다.

1. 11월이 되면 작업실 근처 밭둑은 어김없이 맷돌호박으로 넘쳐난다. 큰 호박잎을 살짝 뒤집으면 그 밑에 숨어 있던 납작하고 동그란 호박들이 보인다. 더러는 제법 커 신데렐라의 마차를 연상케 한다. 주먹 두 개 정도 크기의 호박을 몇 개 따온다. 들기름을 두르고 마늘, 양파, 파를 넣고 볶다가 큼직하게 썬 호박을 넣고 고춧가루를 살짝 뿌려 계속 볶는다. 어느 정도 익으면 물이나 채수를 넣고 호박이 뭉근해질 때까지 끓여준다. 구수하고 달큰한 호박찌개는 다른 반찬이 필요 없고 밥에 그냥 비벼 먹으면 일품이다.

2. 이때 시원한 무채를 곁들이면 좋다. 채 친 무를 살짝 절여 물기를 빼고 마늘 파 진간장 까나리액젓 매실청 고춧가루를 넣고 잘 버무린다. 작은 볼에 담아 맷돌호박찌개와 같이 먹으면 다가오는 겨울 추위도 무섭지 않다. 든든하다.

그리고 이 가을이 가기 전에 장만해두어야 하는 먹거리로 초피 장아찌를 뺄 수가 없다. 초피나무와 산초나무는 우리나라 전역에 서식하는 흔한 관목이다. 10월쯤 어린 열매나 종자를 채취하는데, 가루를 내어 향신료로 사용하기도 하고 간장, 식초, 물에 숙성시켜

장아찌로 만들어 고기 등 기름진 음식에 살짝 올려 먹으면 아주 풍미가 그만이다. 이런 저장 식품들이야말로 산골 식탁을 빛내는 일등 공신이다.

다음주나 그 다음주 고구마도 캐야 하고 운이 좋으면 금(?)을 캘 수도…… 그러고 나면 곧 김장 준비도 해야 한다. 올 김장은 또 어떻게 할까? 이런저런 생각이 쌓인다.

● 밤나무 잎에
가을을 담다

아침 산책길, 여기저기 널브러져 있는 밤송이가 제법 크다. 20년 전쯤 친구 내외가 사다 심어준 나무젓가락만한 작은 밤나무 묘목이 자라서, 이젠 작업실 앞 정원에 큰 그늘을 드리운다. 새파랬던 밤송이가 어느새 어른 주먹만한 크기로 커서, 윤기가 반들반들 알토란 같은 밤으로 그득하다. 잠결에 따라나선 강아지들도 아직 푸르스름한 10월 아침이 적응이 안 되는지 걸음이 느리고, 길에 떨어진 밤송이를 요리조리 피해가며 따라다닌다. 그렇게 사정없이 올라오던 잡초들의 성장도 이제 한풀 꺾여 느려진 듯하다.

개울 옆 신선초 노란 꽃잎만이 제철을 맞아 곱게 하늘거린다. 그 옆 벚나무도 단풍이 들어 붉어지기 시작하니 가을은 가을이다.

정원을 한 바퀴 돌면서 곱게 물든 밤나무와 벚나무 잎사귀를 몇 개 주워 와 작업대 위에 올려놓고 한참 그 모양새를 들여다본다. 밤나무 잎은, 단풍 색은 평범해 그리 화려하지 않지만 비교적 긴 타원형으로 잎 끝이 매우 날렵한데 말라가며 몸체가 살짝 비틀려 조형적으로 몹시 아름답다. 잎사귀 하나만으로 충분히 존재감이 있다. 반면 벚나무 잎은 형태는 평범한 둥근 타원에 가깝지만 단풍 색이 그 어떤 회화의 색감보다 다채롭다. 연한 주홍부터 짙은 다홍과 갈색이 한 잎 안에 다 섞여 색의 농도, 그러데이션이 그야말로 기가 막히다. 감히 인위적으론 만들 수 없는 그런 색감이다.

두 종류의 이파리를 앞에 두고 어떤 것을 조형화할지 고민에 빠져본다. 이런저런 생각 끝에 날렵한 선을 가진 밤나무 잎으로 정한다. 아주 긴 나선의 조형물이 마치 물 표면을 거침없이 미끄러지듯 떠내려가는 돛단배처럼…… 거친 파도에도 어떤 비바람에도 거뜬한 나뭇잎 같은 오브제를 만들면 어떨까!

완성했을 때 길이가 1미터쯤 되는 긴 나뭇잎을 만들려면, 마르면서 줄어들 비율(수축률 14퍼센트)을 감안해 1미터 이상으로 만들어야 한다. 오늘의 작업량은 만만치 않을 터이다. 일단 기본적인 조형 작업을 마치면 하루가 다 간다. 바닥 면을 먼저 두들겨 펴고 옆을 한 층씩 한 층씩 쌓아올린다. 어느 정도 높이까지 올린 뒤, 작품이 너무 빨리 마르지 않게 신문지와 비닐로 잘 싸서 서서히 말라가

도록 한다. 하루 정도 지나서 표면이 꾸덕꾸덕 말랐을 때 세밀하고 정교한 디자인 작업이 시작된다. 넓힐 곳은 넓혀주고 날렵하게 좁힐 곳은 좁히며 원하는 형태를 만들어간다. 조형 크기에 따라 사나흘이 걸리기도 한다. 뒤틀린 밤나무 잎의 조형미를 부스러지기 쉬운 흙으로 표현하기가 쉽지 않다. 오랜 작업을 통해 흙의 물성을 온전히 알아야만 시도할 수 있는 작업이다. 수련된 기술은 물론 조형물을 구조적으로 파악하고 재현할 수 있는 눈을 가져야만 한다.

며칠을 이리 만지고 저리 올리고 씨름은 계속된다. 마음에 차는 작업물이 구현될 때까지 그렇게 밤을 하얗게 보내야 한다.

밖이 조금씩 밝아올 때쯤, 이쯤에서 멈춰야 한다는 걸 느낀다. 작업에도 욕심이 더해지면 안 하느니만 못하므로…… 미련을 뒤로하고 흙범벅이 된 작업대를 정리하고 손을 찬물에 씻으며 정신을 차려본다.

"주물러 터트리기 전에 멈춰야 해."

"과함은 덜함만 못한 법."

혼자 중얼거리는 나 자신이 왠지 쑥스러워 엷게 웃어본다. 뒤돌아보니, 제법 그럴싸한 나뭇잎 하나가 가련히 놓여 있다.

푸른 새벽녘, 다시 작업실 앞 덱에 나와 섰다. 뒷산 어디선가 들려오는 뻐꾸기 울음소리가 하릴없이 구슬프고 애달픈 것이 가슴으로 들리는 걸 보니 가을도 제법 깊었구나 싶다.

숲속의 사계절

자발적 은둔자의 명랑한 도예 생활

ⓒ 지숙경 2022

초판 인쇄 2022년 11월 15일
초판 발행 2022년 12월 5일

지은이 지숙경
책임편집 구민정 | 편집 임혜지
디자인 신선아
마케팅 정민호 이숙재 박치우 한민아 이민경 안남영 왕지경 김수현 정경주 김혜원
브랜딩 함유지 함근아 김희숙 고보미 박민재 박진희 정승민
제작 강신은 김동욱 임현식 | 제작처 천광인쇄사

펴낸곳 ㈜문학동네 | 펴낸이 김소영
출판등록 1993년 10월 22일 제2003-000045호
주소 10881 경기도 파주시 회동길 210
전자우편 editor@munhak.com | 대표전화 031) 955-8888 | 팩스 031) 955-8855
문의전화 031) 955-3578(마케팅) 031) 955-2671(편집)
문학동네카페 http://cafe.naver.com/mhdn
인스타그램 @munhakdongne | 트위터 @munhakdongne
북클럽문학동네 http://bookclubmunhak.com

ISBN 978-89-546-8988-5 03810

www.munhak.com